U0051243

彼得·潘

目川文化

目錄

常聽爸媽談起他們小時候的事嗎？看到他們繪聲繪影談起當年往事，我想你會在腦海中開始勾勒起那個畫面，你的心是否也隨之起舞呢！

《彼得．潘》作者巴里曾對友人的孩子們又說又演這個奇幻故事。故事原本是以舞台劇呈現，後來改寫成兒童小說。本書所保留的歌曲部分，似乎可以看出《彼得．潘》原作舞台劇的影子，比如：彼得要男孩們為溫蒂蓋一間小屋時，溫蒂就唱出她喜歡的房子，而男孩們用對唱的方式回應。其他尚有海盜歌和虎克船長的歌，都增加了趣味性。

本書充滿幻想，如在美人魚的礁湖，美人魚在雨過天晴後，玩著足球比賽，以五顏六色的水泡當作球，用尾巴拍來拍去，拍進彩虹裡。男孩們住在地底的家，從樹洞上下；以蘑菇當椅子；屋內的夢幻樹一日之內長大又砍下，被用來當桌子。每個孩子心中都有一個夢幻島，但都不大一樣，屬於你的是怎樣呢？

彼得與虎克間的搏鬥，是一場小孩與大人間的拔河。彼得有著小孩的青春活力，那是虎克想要卻沒有的；虎克經過歲月變得世故複雜，所以他怕極了鱷魚肚裡的滴答聲，那代表時間和權力的消逝。這提醒成人，孩童的純真和快樂是珍寶，童年只有一個，就讓孩子們做夢，在幻想王國裡馳騁吧！

彼得拒絕長大，他只想永遠過著孩童無憂的生活，但每個孩子都會長大。我們可以像溫蒂坦然面對成長，勇敢面對挑戰和責任，享受成長中的喜悅。現在就讓我們隨著彼得．潘一起去冒險，飛向夢幻島一窺究竟吧！

【推薦序】

林偉信（台灣兒童閱讀學會顧問、誠品文化藝術基金會「深耕計畫」顧問）

陪伴孩子在奇幻的世界裡，培養想像力，思考人生課題

奇幻文學是人類思想極致的一種表現，透過想像，創造出一個個跳脫時空框架的新奇世界，將現實中的不可能化為可能，讓閱讀者擺脫有限形體的束縛，悠遊在不同的時空裡，享受現實人生中所無法經歷的奇特趣味。

而除了引人入勝的趣味情節外，奇幻故事中所暗含的人生隱喻與生命智慧，也一如日本著名心理學家河合隼雄在《閱讀奇幻文學》書中所說的：「**傑出的奇幻作品，總是帶著某些課題前來挑戰讀者。**」而「當我們將幻想視為靈魂的展現時，就會開始覺得奇幻故事的作者，給了我們相當豐富的訊息。」因此，「**即便故事讀完了，心靈依然持續感動。**」

目川文化這套奇幻名著，正是選自不同文化背景下的各種玄奇異想，傳遞各種重要的人生課題——如《西遊記》的叛逆與反抗、《小王子》與《柳林風聲》的愛與友誼、《小人國和大人國》的權力與人性、《快樂王子》的分享與快樂、《愛麗絲夢遊奇境》與《一千零一夜》的真實與夢幻、《彼得・潘》的成長與追尋、《叢林奇譚》的正義與堅持，以及《杜立德醫生歷險記》的溝通與同理。藉由這些書，給你和孩子一次機會，**陪伴他們在奇幻世界的共讀中，培養想像力，並且一起來思考人生中的一些重要課題。**

戴月芳（資深出版人暨兒童作家、國立空中大學／私立淡江大學助理教授）

孩子飛翔的力量很大

　　當孩子告訴你，他會飛，而且飛得很高很遠，你可能會笑一笑，不當一回事。但是，真的要告訴你，孩子確實飛得很高，很自在！

　　谷歌（Google）創辦人賴利．佩吉（Larry Page）有一天突發奇想，想要創造一個可以下載整個互聯網，而且查看不同頁面連結的搜尋引擎。在一九九六年，這想法可能是天方夜譚，但是他有企圖心，最後確實創造了谷歌。他像孩子飛上了天，飛得很高、很自在！

　　「飛翔」是我們的想像延伸，一切可能或不可能發生的，都可以藉由想像力「飛翔」先做實驗。【影響孩子一生的奇幻名著】系列，就是一套賦予孩子想像力飛翔的好書。每一本都是在激發孩子的奔馳創意。來吧！讓孩子閱讀，讓孩子隨著他的好奇心，遊走另一個充滿自由的奇想世界，跟隨故事人物一起經歷成長與冒險。

張美蘭（小熊媽，親子天下專欄作家、書評、兒童文學工作者）

讓孩子讀經典，是重要而且必要的

　　近兩年，我常在校園與兩岸演講，有一個主要的主題，就是「讓孩子愛上閱讀的八大法則」，其中我認為很重要的第二條法則是：在孩子中低年級以前，幫孩子選書；**高年級後開放讓他們自由選擇，但是每個月都該有指定讀物，並建議以經典兒童文學為主！**

我在小學圖書館擔任過十年的志工，發現一個令人憂慮的現象：越來越少孩子讀兒童文學經典作品！當今兒童閱讀，充斥著「漫畫」的速食文化。我曾問過孩子，得到的回答多半是：「漫畫比較搞笑，我不喜歡太嚴肅的作品。」或「看圖畫比較快，文字太多的書，真的看不下去！」這是一個很令人憂心的現象，因為這代表這一代孩子對文字理解能力（閱讀素養），將越來越弱。**而貧瘠的閱讀，將導致荒蕪的思想與空洞的寫作能力！**

更憂心的是，家長沒有意識到這狀況的嚴重性，還沾沾自喜地認為：我的孩子愛看書，就好！而沒注意到孩子無法邁向文字書的世界，更遑論兒童文學作品的世界。

讓孩子多讀經典吧！這將會影響他們一生的價值觀。我建議每個家庭都該有個基本書櫃，當中一定要收藏兒童文學名著！因為這些是經得起時間考驗、人類思想的精華。經典代表的就是人性。在奇幻故事架構下，也能讓孩子了解：世界上沒有所謂美好的大結局！**讓孩子從閱讀的幻想中，體會人生的趣味與人性的缺憾，才是真正智慧的開始。**

林哲璋（兒童文學作家、大學兼任講師、臺東大學兒文所）

奇幻的奇妙

小朋友，閱讀奇幻作品好處多多，畢竟現實世界只有一個，而奇幻想像的世界卻是無窮無盡。奇幻世界裡有神奇的天馬行空，想像世界中的介紹要天衣無縫。奇幻想像國度的語言可以豐富現實世界的生活，例如小王子和狐狸，小王子和玫瑰，他們的故事和對話，都可以比喻、使用在人類的世界。

想一想，像著名的「七步成詩」，曹植若跟哥哥寫「骨肉相殘」的詩，害哥哥沒面子，恐怕小命不保；聰明的曹植躲到了奇幻的國度，使用了奇幻的語言，寫了一首「小豆子和豆萁哥哥」的童話詩，保住了珍貴的性命。

奇幻的國度裡有許多寶藏，等待小朋友來尋找、開創，歡迎小朋友搭乘文學的列車，來到奇幻的國度上，觀看地球世界的模樣。

彭菊仙（親子天下、udn 聯合文教專欄、統一「好鄰居基金會」駐站作家）

我的童年是一段沒有故事書的歲月，因為爸媽忙於生計，關於孩子心靈需要的滋養，是沒有餘力可以照顧的。長大後，我才有機會一一在彌補童年裡沒有緣分相遇的經典兒童文學，但遺憾的是，這些故事我多半已經耳熟能詳，還來不及細細咀嚼文字，動畫中大量的聲光畫面已經綁架了我對故事的想像，我很不希望我的孩子用這樣的方式來接觸經典名著。

藉由這次目川文化規畫的套書系列，我似乎又恢復了一個孩童本來應該具備的自由奔馳心靈，在故事裡盡情遨遊，甚至幻化為故事裡的主人翁，經歷驚險刺激的冒險歷程。

我鼓勵爸媽引導孩子，一本接一本有系統的閱讀，不僅能提升賞析文學的能力與視野，最主要的是，**經典作品的人物都帶著強大熾烈的感染力，能博得孩子深度的認同，在潛移默化間，高潔的思想便深植於孩子的心底，行為氣度因此受到薰養而不凡。**

陳郁如（華文奇幻暢銷作家）

奇幻文學超越現實框架的幻想，讓人的想像力可以無限的延伸。同時，作者在故事裡可以巧妙的寫出自己對現實世界的連結，可能是對社會的反射、對人性的感觸等。

夢幻島上的彼得・潘，是個不會長大的小男孩，也是代表每個人心中那個不想長大的小小角落。小孩都希望快快長大，可是長大之後，面對成人世界的不誠實、陰險、計較，都不免懷念那個單純的小孩心。當彼得・潘帶著溫蒂在夢幻島上飛翔時，我們心中那個不願長大的想像力與好奇心，也跟著故事的主人翁飛翔了起來。（其他推薦內容，詳見各書收錄）

很多經典永傳的故事能夠歷久不衰，不僅僅天馬行空、編撰幻想而已，背後還有更多警世意義。小朋友可以細細品味，讓想像力奔馳的同時，也想想作者想要表達的是什麼。

沈雅琪（神老師 & 神媽咪、長樂國小 20 年資深熱血教師）

現在的孩子普遍閱讀量不足，書讀得不夠，相對文章就寫不出來，寫作技巧教再多都是枉然。為了要改善孩子寫作困難的問題，我開始每天留半個小時到一個小時的時間，讓孩子從少年雜誌、橋梁書開始閱讀，這段時間得要完全靜下來專注的閱讀。

目川文化精選這套書，有幾本是我們很耳熟能詳的世界名著，可是很多孩子完全沒有接觸過。收到書的初稿時，孩子們一本又一本接續的把十本書統統讀完。**小孩的感受是最直接的，看他們對這套書愛不釋手，我就知道這是一套非常值得推薦的好書。**

以下就是班上小朋友針對本書所寫的一篇心得，其他則收錄在各書：

每一個人都會經歷成長，沒有人可以逃避不長大，故事中的彼得・潘就是一個不想要長大的小男孩，在他小時候發生了一些事情，所以他不想長大，而成為了「迷失男孩」的首領。「迷失男孩」就是一群不想長大的孩子們所組成的。

溫帝是達林家的大女兒，她和彼得的初次見面，是因為彼得和他的影子分離，嚇到了溫蒂，好心的溫蒂幫彼得把影子縫起來。後來他們一直聊天，彼得就邀溫蒂一起去夢幻國度，那裡有美人魚、夢幻鳥、小仙子等等。

對正面臨長大的孩子來說，長大可能是一件可怕的事情，因為長大了，要寫的功課越來越多，要面臨的責任也越來越龐大，也有很多的挑戰在等著你。但其實長大也是很美好的。我們要勇於面對未知的人生，趕走心中那恐懼的惡魔，帶著夢想啟航。成長的路上不僅能一切順利，也能體會到更多歡樂！

我覺得長大後可以對很多事情有決定權，可以有能力做很多事。彼得之前有一個不完美的家庭，他不想變得和大人一樣。但是不長大，雖然可以保有童稚的心，卻有很多事情不能做。溫蒂比一般的孩子有主見、獨立，讓人覺得她很值得信任、很可靠。

（林妍希　撰寫）

游婷雅（台中古典音樂台閱讀推手節目主持人／閱讀理解教學講師）

願每個人心中都有座夢幻島……還有能讀孩子心思地圖的爸媽

親愛的大人們：

幾乎每個人小時候都讀過《彼得・潘》的故事或看過卡通，甚至舞台劇。然而，當我第一次透過書本，讀到關於溫蒂媽媽較為詳細的描述時，我感到無比地驚喜：

達林太太第一次知道彼得，是在清理孩子們思緒時。天下的好媽媽都有個習慣，在孩子們睡著後翻找他們的思緒，把白天弄亂的回歸該有的位置。等你清晨醒來時，臨睡前那些調皮想法和壞念頭都被摺疊得小小的，壓在你心思的最底層；而那些美好的念頭，則平平整整地擺在最上層，等著你使用。

哇！原來天下的好媽媽、好爸爸們，在說完床前故事後聆聽孩子們的童言童語，是在幫助孩子們整理他們的思緒呢！彼得更是因為被溫蒂媽媽的睡前故事所吸引，而離開夢幻島，冒險跑到溫蒂家中。

「什麼是母親？」溫蒂為了喚起孩子們對父母的記憶，在考卷上出了下列幾道題，你的孩子也能夠回答這些問題嗎？

1、描寫母親的笑

2、描寫父親的笑

3、描寫母親的晚禮服

夢幻島上的孩子們究竟是為了夢想而築出這座島？還是因為失去父母的愛而被現實生活驅逐？我們是否也能多花一點時間和心思，在孩子睡前，為他們說說故事，聽聽他們的奇思妙想！讓孩子們知道父母會要求他們學習，也會照顧他們的身心，更會陪伴他們好好整理思緒：把壞念頭折疊得小小的，壓在最底層；把美好的念頭平平整整地擺在最上層，等著他們使用。

陳蓉驊（南新國小熱心閱讀推廣資深教師）

所有的孩子都需要一個媽媽！

過去讀《彼得・潘》，總是羨慕那永遠不會長大的孩子不用上學，不用煩惱長大後要成為什麼樣的人；渴望能與頑皮、勇敢的彼得，一起戲耍、鬥智、打倒有著鐵鉤手的海盜船長——虎克；尤其盼望能跟著彼得一塊兒飛往那座住著小仙子、美人魚的夢幻島，過著充滿冒險與快樂、自由自在、無憂無慮的生活。

隨著年齡增長，當了母親，再讀《彼得・潘》，才讀出了彼得在不願長大的選擇背後，所須付出的代價：離開並遺忘母親！不解的是，總是瞧不起所有母親的彼得，又為什麼找來溫蒂當他和迷失男孩們的母親呢？

再細讀，終於明白作者巴里要傳達的真正意涵是：**所有的孩子都需要一個媽媽！**迷失的男孩如此，虎克船長那一票海盜也是如此，連拒絕達林太太收養的彼得也是如此！

海盜們把孩子捉到船上，要讓他們走跳板淹死，是為了讓溫蒂成為他們的「母親」。迷失男孩們最後答應跟溫蒂姊弟一起回家，因為他們「喜歡媽媽的愛」。至於彼得雖然嘴上說不需要母親，其實還是有點動搖，所以才默默地從窗外向裡張望，觀望著達林太太與孩子們重逢緊擁的動人景象。

彼得雖然選擇離開了，但每年春天，除非他自己忘記，總會回來帶走溫蒂的女兒、女兒的女兒去夢幻島，取代溫蒂「母親」的位置，這麼周而復始的，永遠追隨母親的虛幻面貌……。

我們都曾經是彼得．潘，幼時的我們想要擺脫大人的規定與安排，卻又害怕失去孩童時期的自由與母親的全神關愛。其實，只要我們放鬆心情去過，**在還是孩子的時候，盡情享受這段純真自在；長大後面對一切不曾經歷的事情時，則保持一顆快樂的童心及被感動的本能**，在被煩雜俗事纏身時，就到夢幻島裡飛一會兒吧！

劉美瑤（兒童文學家、台東大學兒文所）

永遠的赤子——彼得．潘

每個孩子都會長大，除了「他」以外。他，是彼得．潘，一個住在夢幻島的小男孩。

巴里創作《彼得．潘》故事的這個時期，英國兒童文學正值「幻想當道」，因此全書瀰漫著濃郁的夢幻色彩。首先，我們從彼得出現的時刻來看，彼得與溫蒂的初遇是在最易陷入夢鄉的夜晚，爾後每次彼得現身於人類世界，每年重返人間帶著另一個年幼的孩子踏上夢幻島，也皆是在夜半時分。為什麼巴里要選擇夜晚這個時間呢？因為夜晚是現實與夢境交疊的時刻，在這個時候，彼得現身引誘溫蒂等人來到夢幻島，展開一段冒險與甜蜜兼具、驚險與浪漫交織的夢幻旅程，這樣的時間設計使得整場冒險就像是一場夢，一場每個孩子都想擁有的夢。

接著，我們從踏入幻想國度的「方式」來看這個故事，常見進入幻想世界的方式是使用「過門」（Threshold），在現實與幻想之間設計一個像是門一樣的通道連接二者，比如《納尼亞傳奇》裡打開魔衣櫥往裡走就會來到納尼亞王國，而《愛麗絲夢遊奇境》則是掉進兔子洞，《哈利波特》系列是穿過九又四分之三月台進入霍格華茲魔法學校。《彼得·潘》故事沒有明顯的「過門」設計，要到夢幻島，必須得要夢幻島主彼得在孩子身上灑上「仙塵」，帶著他們一路飛翔，方能抵達。發光的「仙塵」與「飛翔」這兩項設計，為故事罩上一層浪漫唯美的夢幻色彩。

既然是做夢，那麼夢總會有夢醒時分，所以故事最後，溫蒂等人從夢幻島飛回家，夢醒了，這些孩子也就逐漸長大成為大人了。這樣的鋪陳，與兒童從愛做夢逐漸成長邁向成人的歷程，恰好吻合。

讓幻想故事成真的條件是：讀者必須帶著「童心」「主動」進入，《彼得·潘》的設計恰是如此，書中多處敘述如：成人太重了、飛不起來等，在在隱喻成人擔負太多社會成見（如名利、地位）等，巴里藉著這些敘述諭示讀者：**「童心」使人輕盈，「想像」猶如翅膀，因此唯有天真爛漫的兒童才能飛向夢幻國度。**

當然我們不可否認，以現代多元價值的角度去檢視《彼得·潘》，會看見不少價值偏見，比如性別角色的定位：溫蒂（女性）理所當然肩負母職，而彼得（男性）則是對外打拚的父職角色；印地安人角色設定流於刻板印象。但是我們可別忘了這個故事創作於一九一一年，當時的社會氛圍尚屬保守，因此才會出現這樣的角色設定。撇開這些傳統的角色形塑，觀看書中褪去訓斥，時而俏皮、時而溫馨的敘述，我們應當覺得，《彼得・潘》確實是一則充滿樂趣且誘人動聽的幻想故事。

第一章　彼得．潘闖了進來

每一個孩子都知道自己會長大成人。溫蒂是這樣知道的：她兩歲那年，有一天，她在花園裡摘了一朵花，朝媽媽跑去，她那個小模樣可愛極了。達林太太用手按著胸口，大聲說：「你要是永遠長不大該多好啊！」從這一刻起，溫蒂就明白了，她總有一天要長大的。

他們一家住在門牌十四號。溫蒂尚未出生前，媽媽是家中的靈魂人物。她愛做夢的心，就像層層疊疊的「神秘東方盒子」，一個套一個層出不窮。還有一張甜甜會逗弄人的嘴，右邊的嘴角上總是掛著一個吻，卻是溫蒂怎樣都無法得到的。

達林太太還是個女孩的時候，周圍有好些男孩，他們跑著去她家求婚；只有達林先生的做法不一樣，他雇了一輛馬車，搶在他們前面，贏得了芳心。他

擁有她的全部，除了內心深處的神祕盒子和她的吻。他從不知道那個盒子的存在，而她的吻最後也放棄了。

達林先生過去常對溫蒂誇口，說媽媽不但愛他，更是敬重他。他懂得股票和債券，而且挺在行的。他說起行情的神情，會使得女人都敬重他。

新婚時，達林太太會仔細的記帳，也做得很開心。可是漸漸地，在該記帳的地方都漏掉，反而畫上一些無臉孔的小娃娃，估計是寶寶要來了。第一個來的是溫蒂，接著是約翰，再然後是麥克。

溫蒂出生後的頭兩個星期，父母親不知道是否能養活她。有了女兒，達林先生雖然很得意，但他也是一個務實的人，他一筆一筆仔細地計算開銷帳目。達林太太神情哀求的望著他，不管發生什麼事，她都願意放手一搏。

不過孩子們還是活下來了，不久，姐弟三人就排成一列，由保姆陪伴著去上幼稚園了。他們的保姆是一隻名叫娜娜的紐芬蘭大狗。在達林夫婦雇用她以前，這隻狗沒有固定的主人。他們是在公園裡認識她的。

娜娜是一位不可多得的好保姆。給孩子洗澡時，她是多麼地認真細心。夜裡，只要有一個孩子輕輕地哭一聲，不管是什麼時候，她都會一躍而起。她護送孩子上學時，如果孩子們脫隊了，她就會把他們推進隊伍裡。她從沒忘記未雨綢繆，總是會在嘴裡銜把傘。她很不喜歡達林太太的朋友們到育兒室來看孩子，但要是他們真的來了，她就會給麥克換件漂亮的圍兜，把溫蒂的衣裙整理好，再迅速梳理約翰的頭髮。

沒有一個育兒室比達林家的更有條理了。這一點達林先生非常清楚，不過他還是有點擔心，生怕鄰居們背地裡說閒話，他要顧及他在城裡的地位。另外，達林先生覺得娜娜不大佩服他，這一點也讓他覺得不安，儘管達林太太向他保證，娜娜很敬重他。

他們比世界上任何一個家庭都更單純、更快樂，直到彼得・潘來臨。

達林太太第一次知道彼得，是在清理孩子們思緒時。天下的好媽媽都有個習慣，在孩子們睡著後翻找他們的思緒，把白天弄亂的回歸該有的位置。等你

清晨醒來時，臨睡前那些調皮想法和壞念頭都被摺疊得小小的，壓在你心思的最底層；而那些美好的念頭，則平平整整地擺在最上層，等著你使用。

在每個孩子的心思地圖裡，都有一個夢幻王國。它是一個海島。要是你碰巧看到一張孩子的心思地圖，你就會看到那些曲曲折折的線條，大概就是島上的道路了。島上住著野蠻人，有荒涼的野獸洞穴，快要坍塌的茅屋，還有一位長著鷹鉤鼻的小老太太等等。總之，一切都是雜亂無章，沒有一樣東西是靜止不動的。

當然，每個人心中的夢幻島都不大一樣，比如，約翰的夢幻島上有一個湖泊，湖上飛著紅鶴；而麥克的正好相反，湖泊是在紅鶴上飛。溫蒂住在一間用樹葉編成的屋子裡，她還有一隻寶貝小狼。

偶爾達林太太漫步在孩子們的心思裡時，會發現一些困惑的東西。其中最令人費解的，就是彼得這個名字。它在孩子們的心中不停出現。

「他是誰呀，寶貝？」達林太太問過溫蒂。

「他是彼得．潘呀！媽媽，你知道的。」

達林太太回憶童年，想起了彼得．潘。傳說，他和仙子們住在一起。他的故事可怪著呢！達林太太小時候是相信的，現在她結了婚，就很懷疑是不是真有這樣一個人。她對溫蒂說：「但是現在，他應該已經長大了吧！」

「不，他才沒有長大呢，」溫蒂很確信的告訴媽媽：「他就跟我一樣大。」

達林先生聽說後，只是輕描淡寫地對太太說：「相信我，一定是娜娜對他們胡說的，這是狗才會有的想法。別管它，這股風很快就會吹過去的。」

可是這股風沒有過去，不久，這個專門製造麻煩的男孩，就讓達林太太嚇了一大跳。一天早上，達林太太在育兒室的地板上發現了幾片樹葉，她覺得事有蹊蹺，因為昨天晚上孩子們上床時，分明還沒有看到樹葉，但溫蒂卻毫不在意的笑著說：

「一定又是彼得做的好事啦！」

「你這是什麼意思，溫蒂？」

「他真淘氣，玩完了也不把地掃乾淨。」溫蒂歎口氣說。她表示，彼得有時會在夜裡來到育兒室，坐在床頭吹笛子給她聽。

「你胡說些什麼，寶貝！沒有人不敲門就進屋裡來。」

「我想他是從窗子進來的吧！」溫蒂說。

「親愛的，這是三樓啊！」

「樹葉不就落在窗戶邊嗎，媽媽？」

達林太太趴在地板上，點上蠟燭查看是否有陌生人的腳印。她用捲尺量，窗子的高度有三十英尺，而牆上連一個可供攀爬的出水管都沒有。

「溫蒂一定是在做夢。」她想。可是溫蒂確實不是在做夢。因為隔天晚上，孩子們偉大的冒險就要開始了。

那天晚上，達林太太給孩子們洗了澡，又給他們唱歌，直到他們一個個溜進了夢鄉。一切都顯得那麼安詳舒適，於是她坐在火爐旁，靜靜地縫起衣裳來。育兒室閃著微弱的三盞燈，爐火熱烘烘的，不一會兒她也睡著了。

達林太太做了一個夢。她夢見一個陌生的男孩從夢幻島裡闖了出來，把遮掩著夢幻島的那一層薄幕撥開了，溫蒂、約翰和麥克正從那道縫向裡窺視。

就在她做夢的時候，育兒室的窗戶被風吹開了，有一個小男孩跳到地板上。伴隨著他的，還有一團比拳頭小的光芒，那團光在房間裡四處亂飛。

那團光芒把達林太太驚醒了。她一見到那個男孩，不知為何，她立刻明白那就是彼得·潘。他是一個很可愛的男孩，穿著用樹葉和樹漿做成的衣服。他一見達林太太是個大人，就露出珍珠般的乳牙，對她齜牙咧嘴。

達林太太不由得大聲尖叫。接著，房門打開，娜娜從外面衝進來，咆哮著撲向那個男孩。男孩輕巧地從窗口跳了出去。達林太太又尖叫了一聲，以為他會摔死，當她急忙跑到街上——小男孩不見了。她抬頭張望，只見一顆流星一樣的亮光劃過夜空。

達林太太回到育兒室，看見娜娜嘴裡啣著一樣東西，原來是男孩的影子。他往窗外跳的時候，娜娜迅速地關上窗戶，影子來不及出去，被扯了下來。

達林太大仔細檢查那個影子，不就是個普通的影子。她想把影子拿給達林先生看看，可是這會兒去打攪他不太合適。於是達林太太就把影子捲起來，小心地收藏在抽屜裡，想等適當的機會再告訴他。

一個星期後，機會果然來了。那是一個永遠無法忘記的星期五。

「遇到星期五，我應該加倍小心才對。」事後，達林太太老是這麼對丈夫說。「不，不！」達林先生總是說：「都是我的錯。」

就這樣，他們夜夜坐在一起，回憶著

那個不祥的星期五，直到所有的細節都清晰地刻印在他們的腦子裡。

「要是那天我不出去參加二十七號舉辦的晚宴就好了。」達林太太說。

「要是那天我沒把我的藥倒在娜娜的碗裡就好了。」達林先生說。

「要是那天我假裝愛喝那藥水就好了。」娜娜眼淚汪汪地表示。

就這樣，他們坐在空蕩蕩的育兒室裡，呆呆地回想著那個可怕的夜晚所發生的每個細節。那天晚上，一開始是平安無事的，和往常一樣，娜娜倒好了洗澡水，然後背著麥克去洗澡。兩個大孩子正在玩遊戲。

達林太太穿著白色晚禮服，老早就打扮好了。當時達林先生也正為赴宴穿戴打扮，可是打領結的時候，他碰上了麻煩——這小東西不聽他的擺布。達林先生手裡捏著揉成一團的小領結，衝進了育兒室。達林太太就用自己那雙靈巧的手，不費吹灰之力繫好了領結。達林先生的怒氣轉眼全消，他背起洗好澡的麥克在房裡跳起舞來。

這時娜娜進來了，達林先生不幸和娜娜撞個正著。他的褲子上黏滿了狗毛，這可是他第一次穿上鑲邊褲子。他咬住嘴唇，免得眼淚掉下來。雖然達林太太幫他把狗毛刷掉了，但他還是抱怨著說，用一隻狗當保姆是個錯誤！

「喬治，娜娜是我們的寶啊！」達林太太說。

「那當然。不過我總擔心她把孩子們當小狗看待。」

「不，親愛的，我確定她知道孩子們擁有自己的靈魂。」

「我很懷疑。」達林先生思考著說。他的妻子覺得這是一個好機會，就把那個影子拿出來給他看。達林先生認真推敲了起來。

「這人我不認識，」他仔細端詳那個影子。「不過看起來不像個善類。」

「你記得嗎？就在這時候，娜娜把麥克的藥帶進來了。娜娜，你以後再也不要把藥瓶啣在嘴裡了。都是我的錯。」達林先生回憶說。他的弱點就是一直以為自己吃藥很勇敢，因此當麥克閃避娜娜啣在嘴裡的那一匙藥時，他責備他說：「要像個男子漢，麥克。」

「我不要！不要！」麥克淘氣地喊。達林太太於心不忍，走出房間去拿巧克力。

「孩子的媽，不要嬌慣他，」達林先生衝著她的背喊：「麥克，我像你這麼大的時候，吃藥一聲也不吭，還會謝謝爸媽，讓我的病早日康復。」

已經穿好睡衣的溫蒂，為了鼓勵麥克，她說：「爸爸，你經常吃的那種藥，是不是比這還要難吃？」

「難吃得多，」達林先生一本正經地回答：「要不是我把藥瓶子弄丟了，麥克，我現在就示範給你看。」

「我知道藥瓶在哪兒，」溫蒂喊道：「我去拿來。」

達林先生還沒來得及阻止她，她就跑了出去。他發著抖說：「那玩意兒難吃死了。」這時，溫蒂手裡拿著一瓶藥水跑了進來。

「麥克先吃。」達林先生固執地說。「爸爸先吃。」麥克語帶懷疑，「爸爸，我在等你吃。」「你等著，我也等著呢！」爸爸嘟囔的說。

溫蒂想到一個好主意：「為什麼不兩個同時吃呢？」溫蒂數著一、二、三，麥克吃下了他的藥，可是達林先生卻把他的藥藏到了背後。

三個孩子一副很不服的樣子。娜娜這時走進浴室，達林先生說：「你們瞧，我剛想到一個絕妙的玩笑——如果我把我的藥倒進娜娜的碗裡，牠會以為那是牛奶，把它喝下去！」

當他們的爸爸這樣做的時候，孩子們神情責備的看著他。但是在達林太太和娜娜都回到房間時，他們卻沒敢去拆穿這件事。

「娜娜，乖狗狗。」達林先生拍拍她：「我在你的碗裡倒了一點牛奶！」娜娜搖著尾巴，跑過去把藥舐了。接著，她望了達林先生一眼，那眼神不是憤怒，但是讓他看到了她的眼眶滴下大顆淚水。然後，她默默地爬進了狗屋。

達林先生感到慚愧，卻不肯讓步。在駭人的沉寂中，達林太太聞了聞那個碗。「噢，喬治，」她說：「這是你的藥啊！」

「開個玩笑而已！」他吼著。達林太太安撫兩個小孩，溫蒂過去摟住娜娜。他嚷道：「很好，只理她，沒人理我，我不過只會賺錢養家嘛！」

達林先生再也不能容忍那隻狗在育兒室裡主宰一切了。孩子們哭了起來，娜娜想跑過來向他求情，但他揮手叫她離開。「喬治！別忘了我說的那男孩！」達林太太低聲地說。他充耳不聞，決心要大家看看誰是家裡的主人。他粗暴的把娜娜拖出育兒室，拴在後院裡。他感到慚愧，但還是做了，因為他太想得到孩子們的敬重。然後他便在走廊坐下，用雙手掩住眼睛。

達林太太打發孩子們上了床，點亮了夜燈。他們都聽見了娜娜的吠叫聲。「這都是因為她被拴在院子裡了。」約翰嗚咽著說。「娜娜不是不高興，」溫蒂說，「她是聞到了危險才這麼叫的。」「你能肯定嗎？溫蒂。」「當然。」

達林太太發抖了，她走到窗前。窗子關得嚴嚴實實。夜空裡灑滿了星星，她沒有注意到有一、兩顆小星星正在衝著她擠眼睛。

達林先生和太太出門了。滿天的星星都在窺視著他們。他倆走進二十七號公寓，門才剛剛關上，天空裡就立刻起了一陣騷動，最小的一顆星星高聲喊道：「來吧，彼得！」

第二章　走啦，走啦！

爸爸媽媽出門後沒多久，溫蒂的那盞夜燈眨了一下眼睛，打了一個大哈欠，其他兩盞也打了哈欠，來不及閉嘴時燈就熄了。這時候，房間裡出現另外一道光，比夜燈亮一千倍。那是小仙子「叮叮鈴」，因為她飛得特別快，形成了一道亮光。她還不到巴掌大，身上裹著一片精緻的樹葉，領口裁得很低，恰到好處地顯露出她優美的身段。她在每個抽屜裡尋找彼得的影子。

過了一會兒，窗子被小星星吹開了，彼得跳了進來。他輕聲喚道：「叮叮鈴，找到我的影子了嗎？」叮叮鈴告訴他影子在那個櫃子裡的抽屜，彼得立刻蹦到抽屜跟前，把裡面的東西都捧出來灑在地板上，不一會兒，他找到了他的影子。他高興極了，一不小心就把叮叮鈴關在抽屜裡了！

彼得以為自己只要和影子一挨近，就可以像兩滴水似的連在一起。可是他

失敗了，這可把他嚇壞了。他試著用浴室裡的肥皂來黏，可是也失敗了。

彼得坐在地板上哭了起來。

溫蒂被吵醒了，她在床上坐了起來，也不怕，也不慌，只覺得有趣。「小男孩，」她有禮貌地說：「你為什麼哭？」彼得站起來，優雅地向溫蒂鞠了一躬。溫蒂也在床上鞠躬回禮。

「你叫什麼名字？」彼得問。「溫蒂．莫伊拉．安琪拉．達林。」她得意地回答，「那你叫什麼名字？」「彼得．潘。」彼得第一次覺得自己的名字太短。

溫蒂問他住在哪兒。彼得說：「右邊第二條路，一直向前走，走到天亮。」

「這地址真怪！你們在信封上就是這麼寫的嗎？」她委婉地說。

「我從不收信。」他輕蔑地說。

溫蒂問：「可是你媽媽總會收信吧？」

「我沒媽媽。」彼得說，他從沒想過要有媽媽，他認為人們把媽媽看的太重要了。溫蒂立即覺得他母親遭遇了不幸，「啊，怪不得你要哭了！」

「我才不是因為媽媽哭，」彼得有點氣憤地說：「我哭，是因為我沒法把影子黏上。再說，我也沒哭。」

溫蒂看見了地板上的影子。「得用針線縫上去才行。」她說：「我來給你縫上。」於是，她拿出針線盒來。「恐怕會有點兒疼的。」她警告說。

「啊，我一定不哭！」彼得說。不一會兒，影子縫好了，彼得欣喜若狂得滿屋亂跳。他早就忘記是溫蒂幫忙，還以為影子是自己黏上的。

「我多聰明啊！」彼得開心地大叫。「你也幫了一點點忙。」彼得漫不經心地繼續跳著。

「一點點！」溫蒂高傲地說：「既然我沒有用，那我走好了。」說完，便用毯子蒙上臉。「溫蒂，」彼得說：「不要啦，我一高興就忍不住大叫。」溫蒂還是不抬頭，但她認真地聽著。「溫蒂！」彼得說了一句女孩難以抗拒的話：「一個女孩比二十個男孩都管用啊！」這時溫蒂可是個十足的女生，她從毯子底下探出頭來，問：「你真的這麼想嗎？」

溫蒂爬起來，和彼得一起坐在床沿上，「你實在太可愛了。」她還說他願意的話，可以給他一個吻。彼得不明白什麼是吻，以為要給他東西，就把手伸出來。為了不傷他的心，溫蒂給了他一個頂針，而彼得給了她一顆橡實鈕扣，她把它繫在項鍊，戴在脖子上。（註：頂針，是金屬做的指環，在使用針線縫紉時可以保護手指。）

溫蒂又問彼得幾歲了。「我不知道，」彼得不安地回答：「可是我還小著呢！我生下來的那一天就逃家了。」溫蒂很驚訝，可是又很感興趣。

「因為我聽見父母親在談論，我將來長大會成為一個什麼樣的人。」彼得低聲解釋說：「我不願長成大人，」他激憤地說：「我要永遠當個小孩。所以我就逃到了肯辛頓公園，和仙子們住在一起。」

溫蒂羨慕地看著他。在她看來，和仙子們在一起，一定非常有趣。她一連問了一大串關於仙子的問題。彼得便開始給她解釋仙子的由來：

「第一個出生的嬰孩第一次笑，笑聲都會碎成一千片，碎片跳來跳去，就幻化成了仙子。所以，每一個孩子都應該有一個仙子。可是，當孩子懂得越來越多，就不相信有仙子了；只要有一個孩子說『我不相信仙子』，在某個地方就會有一個仙子墜落下來死掉。」

彼得忽然想起叮叮鈴已經好半晌沒出聲了，就站起來，叫著叮叮鈴的名字。

「彼得，」溫蒂驚喜地緊緊抓住他：「你該不是說這屋裡有個仙子吧！」

「她剛才還在這兒的。」

「我好像聽見鈴鐺叮叮響的聲音。」溫蒂說。聲音是從抽屜櫃裡發出來的。

彼得打開抽屜，把可憐的叮叮鈴放了出來。

「你這個大笨蛋！」氣呼呼的叮叮鈴說罷，便飛進浴室裡去了。

溫蒂又向彼得問了許多問題：「你平時住在哪兒？」

「跟走失的男孩住在一起。」

「他們都是誰呀？」

「他們是保姆向別處張望時，從嬰兒車裡掉出來的孩子。要是七天之後還沒人來認領，他們就被遠遠地送到夢幻島去了。我是他們的隊長。」

「那多好玩啊！」

「不過我們挺寂寞的。因為我們那裡沒有女孩子。」彼得狡猾地說：「你知道，女孩子太機靈，是不會從嬰兒車裡掉出來的。」這番奉承的話，說的溫蒂心裡喜滋滋的，「你說得真是太好了。那個躺在那裡的約翰，他就瞧不起我們女孩子。」為此，彼得起身走過去，一腳把約翰踹下床，但約翰在地板上照樣安安穩穩地睡著。

「我知道你是好意，」溫蒂說：「你可以給我一個吻。就像這樣。」她吻了彼得一下。「真有意思！」彼得莊重地說：「現在我也要給你一個吻嗎？」「要是你也願意的話。」溫蒂說，這一回她把頭擺得端端正正的。

彼得給了她一個吻。

但幾乎就在同時，溫蒂尖叫了一聲：「好像有什麼人揪著我的頭髮。」果然，叮叮鈴在他們周圍飛來飛去，嘴裡還在叨叨唸唸。「她說，每次我給你一個吻的時候，她就要扯你頭髮。」彼得對溫蒂說。他不明白這是為什麼，但溫蒂已經明白了。

彼得告訴溫蒂，他到這兒來是為了聽故事：「溫蒂，你媽媽那天給你講的那個玻璃鞋的故事真好聽啊！」「那是灰姑娘的故事。」溫蒂興奮地說：「我還知道好多故事呢！」彼得興奮地抓起她的手，說：「溫蒂，你跟我走吧！去講給那些孩子聽。」

她很樂意，可是她說：「不行，媽媽會擔心。再說，我也不會飛呀！」「我教你飛。我教你怎樣跳上風的背，然後我們就可以一起飛了。你可以和星星們聊天，你還能看到美人魚。」「啊！」溫蒂興奮地大叫：「我想去看美人魚！」

「溫蒂，」彼得說：「大夥兒會很喜歡你喔！」溫蒂苦惱地扭動著身體，似乎努力在說服自己留下來。「晚上你可以給我蓋被子。」狡猾的彼得說：「從來沒有人給我們蓋被子。」「哎呀！」溫蒂同情地向他伸出兩隻手臂。這叫她怎麼抗拒得了？

她喊道：「彼得，你也能教約翰和麥克飛嗎？」「當然。」彼得無所謂地說。於是溫蒂跑到約翰和麥克身邊，把他們搖醒。他們都起來了，彼得打了個手勢，叫他們別出聲。有狀況！叫了一整夜的娜娜，這會兒卻一聲不吭了。

「熄燈！快躲起來！」約翰喊道。女僕莉莎牽著娜娜進來的時候，育兒室已經恢復了安靜與漆黑。三個小主人還發出甜美的鼾聲，其實他們正躲在窗簾後面。

莉莎心裡一肚子氣，她本來在廚房裡做聖誕節布丁，娜娜卻叫個沒完，她只好停下手裡的活，領著娜娜來育兒室巡視。「瞧，是你太多心了，」她說：「他們在床上睡得正香。聽聽他們那輕柔的呼吸吧！」娜娜分辨得出這種呼吸聲，她想掙脫莉莎的手。

「別來這一套，娜娜。」莉莎嚴厲地說，把娜娜拽出了房間，把她拴起來。

娜娜拚命地掙斷束縛後，飛快地衝進二十七號公寓的餐廳，兩隻前掌朝天舉起。達林夫婦立刻明白，他們家育兒室出事了。

此時的育兒室裡，彼得正在教三個孩子飛，他把自己手掌上的仙塵往每人身上吹了一點。勇敢的麥克第一個起飛，「我飛了！」然後他一下子就飛過了房間。約翰和溫蒂也飛起來了，「啊，太妙啦！」「啊，太棒啦！」

他們飛得都沒有彼得那樣優雅，老是忍不住蹬一下腳，不過頭已經往天花板東碰西頂。他們飛上飛下，繞了一圈又一圈。約翰喊道：「我們飛出去吧！」這正是彼得想引誘他們做的事。約翰準備好了，但溫蒂猶豫著。彼得又說一次：「記得美人魚吧！」約翰便一把抓起主日戴的帽子說：「我們馬上走吧！」

此時，達林夫婦帶著娜娜衝到街上，他們抬頭望著育兒室的窗子，看見窗簾上映出三個穿睡衣的小身影，繞著房間轉圈兒，不是在地上，而是在半空中！

不是三個身影，是四個。

星星又一次吹開了窗子，最小的一顆星喊道：「彼得，逃呀！」

「來吧！」彼得果斷下令後，立刻飛進夜空，後面跟著約翰、麥克和溫蒂。

達林夫婦和娜娜衝進育兒室，可是晚了一步，鳥兒們已經飛了。

★　★　★

起初，飛行是那麼有趣。溫蒂他們也不知道飛了多久，只知道飛過一片大海，又一片大海。天有時很黑，有時又很亮；有時很冷，有時又太熱。他們不知道自己是真餓假餓，只覺得彼得覓食方法很有趣，是和鳥兒彼此追逐搶食物；他們也會想睡覺，只要一打盹，就直往下墜，很危險。可是，彼得竟然覺得這很好玩！

當麥克像塊石頭似的往下墜時，彼得歡快地喊道：「瞧，他又掉下去了！」

「救救他！」望著下面那片洶湧的大海，溫蒂驚恐地大叫。就在麥克即將掉進海裡的一剎那，彼得才一個俯衝，把麥克抓住了。

彼得能在空中睡覺而不往下墜，他只要仰臥著就能飄浮。他還能飛近水面，一邊飛，一邊用手去摸每條鯊魚的尾巴。

「我們得對他好一點，」溫蒂悄悄對弟弟們說：「要是他扔下我們不管怎麼辦？想想看，他不在身邊，我們老是撞上那些浮雲怎麼辦？」的確，他們飛得還不錯，但常常看見前面有一團雲，越想躲開，就越是非撞上不可。

彼得飛得快，有時飛下去冒險，有時飛上去和星星說話，但一轉身就忘了發生的事，有時甚至忘了他們是誰。儘管一路上偶爾有點小爭執，可是整段旅程還算愉快。**終於，夢幻島到了。**

「就在那兒，所有箭頭指向的地方。」彼得平靜地說。

沒錯，太陽射出了一百萬支金箭，給孩子們指出了島的位置。他們一眼就認出它，心裡還沒想到害怕，就大聲歡呼起來。他們感覺，夢幻島就像是度假回家遇見的老朋友。不過，他們的恐懼很快就會降臨了。

金箭一消失，整座島便陷入了黑暗中。島上一一出現的野蠻地帶越來越大，到處晃動著黑影；獵食野獸的吼聲，也變得不一樣，會讓人喪失得勝的信心。以前在家，夢幻島只是假想的王國，現在一切都是真實的。

本來分開飛翔的他們，現在都緊挨在彼得身邊。彼得也收起漫不經心的神情，目光炯炯。

他們採取低空飛越這令人生畏的島。在空中，雖沒遇見什麼可怕的東西，卻越飛越慢，而且吃力，彷彿必須推開敵對的力量才能前進。

「他們不想讓我們著陸。」彼得解釋道。「他們是誰？」溫蒂打了一個寒顫。彼得沒說什麼。他把睡在他肩上的叮叮鈴叫醒，叫她飛在前面。有時，他飄浮在空中，把兩手放在耳邊仔細聽，明亮的雙眼直盯著下方。

「就在我們下方的草原上，睡著一個海盜，」彼得忽然對約翰說：「你想去冒險嗎？我們可以下去殺死他。」

「要是他醒著呢？」

「就算他睡著我也會叫醒他，再殺了他，這是我的作風。」

約翰沒同意，又問：「島上是不是還有許多海盜？」彼得說多著呢！

「現在誰是船長？」

「詹姆斯・虎克。」彼得的臉沉了下來。

麥克哭了起來，約翰也哽咽了，因為他們已經久聞虎克的惡名。

「他個頭大嗎？」約翰啞著嗓子低聲問。

「沒以前那麼大了。我把他的右手砍掉了。」

「那他現在不能戰鬥了嗎？」

「他照樣能戰鬥！他用一支鐵鉤子代替右手當武器。」

彼得接著說：「約翰，只要是聽我命令做事的男生，都要答應我一件事，你當然也不例外。」約翰的臉一陣蒼白。「那就是，要是我們和虎克打起來，你要把他留給我對付。」「我答應。」約翰順從地說。

他們暫時感覺沒那麼害怕了，有叮叮鈴和他們飛翔，在她的亮光照耀下，可以彼此分辨出身影。可是，這亮光會讓海盜發現他們。

「叮叮鈴告訴我，」彼得說：「海盜已經把大砲拖出來。想必他們會看見這亮光，要是猜到我們就在這附近，準會開火打我們。」

「叫叮叮鈴馬上走開，彼得。」姊弟三個人同時喊著。可是彼得拒絕了。

「她也很害怕。」彼得固執地回答：「我怎麼能在這時候，把她打發走呢！」

「那就告訴她，」溫蒂懇求說：「把亮光熄滅吧！」「熄滅不了，等她睡著，亮光才會自然地熄滅，就像星星一樣。」彼得說，但他倒是想出一條妙計：把叮叮鈴裝在約翰的帽子裡！叮叮鈴同意，只要帽子是用手拿著，她希望彼得拿。不過最後決定還是由約翰來拿，不久後又由溫蒂接手。

亮光完全藏在黑帽子裡，他們靜悄悄地繼續往前飛，四周寂靜得實在可怕。「要是有點什麼聲音就好了！」麥克喊道。就像回答他的請求似的，空中爆發一聲巨響。海盜們向他們開砲了！

等天空歸於平靜，約翰和麥克發現，黑夜中只剩下他們兩人。彼得被大砲轟起的風遠遠地吹到海上；溫蒂則被吹到更上方去了，只有叮叮鈴和她在一起。

叮叮鈴從帽子裡鑽了出來，前後來回地飛著，而且彷彿在跟溫蒂說：「跟我來，就什麼事都沒了。」那聽起來很和善，但似乎藏著什麼壞心眼。

第三章　來到夢幻島

夢幻島因為彼得的即將歸來，重新變得生氣勃勃。這個晚上，島上正在進行著以下的勢力部署：孩子們尋找著彼得，海盜追捕著孩子們，印第安人搜索著海盜，野獸窺伺著印第安人。他們全都繞著島團團轉，可是，誰也碰不上誰，因為他們行動的速度是相等的。

島上一共有六個迷失的孩子，包括一對雙胞胎。他們排成一列，一個個手握刀柄，偷偷地向前進。

第一個走過去的是圖圖。他比所有人冒險的次數都少，因為每次總是在他轉身離開的時候，大事才發生。有時他只是出去撿柴火，當時一切還很平靜，等他回來時，別人已經在清理戰鬥留下的血跡了。運氣差使得他總是有些憂鬱，不過他非但沒有變得脾氣暴躁，性情反而更為溫和；因此他是最謙遜的一個。

第二個經過的是快樂和氣的尼布斯，他吹著哨子手舞足蹈。後面跟著斯萊特利，他是最驕傲的一個，自認還記得走失以前的事，所以他的鼻子總是翹得高高的，真惹人厭。第四個是捲毛，他是小淘氣。每次彼得板著面孔說：「誰做的站出來！」的時候，第一個站出來的總是他，也不管是不是他做的。

走在最後的是那對孿生兄弟。只要一形容他們的相貌，一定會把他們搞錯。彼得不知道什麼是雙胞胎，所以他們也搞不清楚自己。為了避免誤會，他倆總是寸步不離地守在一起。

孩子們的身影在黑暗中逐漸消失了。隨後不久，海盜們便跟蹤而來。未見海盜，先聞其聲，就是那首駭人的歌曲：

繫上纜繩，唷呵，拋錨停船！
咱們去打劫嘍！

要是砲彈打散我們，
咱們必在海底相見！

走在最前面的是英俊的義大利人奇科，他赤裸著兩條強壯的胳臂，頻頻把頭貼在地面仔細聆聽。走在他後面的是一個彪形黑大漢。接著是渾身都是刺青的比爾・鳩克斯，還有殺起人來也文質彬彬的史塔奇，還有看起來特別和藹的水手長斯密，以及其他無人不知無人不懼的惡棍們。

在這幫邪惡的匪徒中，最邪惡的要算詹姆斯・虎克。此刻，他舒服地躺在一輛大車裡，他沒有右手，用一支鐵鉤代替，正不斷揮動，催著手下趕快拉車。他的面容暗沉，頭髮長而鬈，五官英挺；他的眼睛透著一股深沉的憂鬱，當他把鐵鉤對準你，兩眼會燃起可怕的紅光。保有貴族氣勢的他，彬彬有禮時，也是最陰險時。他天不怕，地不怕，只怕看到自己的血。但毫無疑問地，他身上最令人毛骨悚然的部分，是那支鐵鉤。

在一大夥人前進時，一個海盜笨手笨腳地湊到虎克跟前，弄皺了他那鑲著花邊的衣領。霎時鐵鉤伸了出來，只聽見一聲慘叫，屍體就被踢到一邊去了。海盜們仍然繼續前進，虎克嘴裡叼著雪茄，連拿都沒有拿出來呢！

這可怕的男人，就是彼得要對抗的人。

尾隨在海盜後面的是悄無聲息的印第安人，他們瞪大眼睛，手持戰斧和刀，赤裸的身上塗著油彩，並掛著一串頭皮。打頭陣的是魁梧的黑豹，他是一名勇士，脖子上掛著最多頭皮。殿後的是虎蓮公主，她是個自負的大美人，勇士們都想娶這個難以捉摸的女人為妻，可是她用斧頭擊退所有的求婚者。

印第安人來無影，去無踪。他們消失後，緊接著而來的是一大群野獸：獅子、老虎、熊等等，牠們都垂著舌頭，看來都餓了。野獸過去以後，最後一個角色上場了，那是一隻巨大無比的鱷魚。

鱷魚過去沒多久，男孩們又出現了。這列隊伍必須持續前進，要是有誰停止或改變速度，很快就會相互打成一團。大家都全神貫注盯著前方，沒有想到危險會從背後襲來。

男孩們頭一個脫離這個不斷循環的圈子。他們躺在草地上，那兒離他們地下的家很近。他們一個個心神不寧地說：「我真希望彼得回來。」

「只有我一個人不怕海盜。」斯萊特利說。遠處突然出現響聲，驚得他趕緊又說：「不過，我也希望彼得回來，給我們講講灰姑娘後來怎樣了。」

他們開始談論灰姑娘。圖圖相信，他母親一定長得很像她。只有當彼得不在的時候，他們才能談起母親，因為彼得禁止談這個話題。

這時，遠處又傳來海盜的歌。轉眼間，孩子們就溜得無影無蹤。除了尼布斯跑到別處偵察敵情，其他人全都回到了地下的家裡。

他們是怎麼回去的？看不到任何入口呀！再瞧仔細點，你會發現這兒有幾株大樹，樹幹是空心的，和小男孩的身圍差不多大小，這就是通往地底家園的七個入口。幾個月來，虎克一直在找，卻沒有找到。

海盜們走近了。史塔奇眼尖，瞧見尼布斯穿過樹林逃跑了，立刻拔出手槍，可是一支鐵鉤抓住他的肩膀。「把手槍放回去。」虎克威脅著說：「槍聲會引來虎蓮公主和印第安人。你頭皮不想要了嗎？」

「我可以去追他嗎，船長？」斯密乞憐地問。「不是現在，」虎克陰險地說：「我要把他們七個通通解決掉。現在分頭去找！」於是，海盜們在樹林裡散開，只剩下船長和斯密兩個人。

「我最想抓的是他們的隊長彼得‧潘，就是他砍掉我的手臂。」虎克激動地說，他惡狠狠地揮動著那支鐵鉤。「我等了很久，我要用這玩意兒和他握手。噢，我要把他撕碎！」接著，他皺起了眉頭，畏縮地說：「彼得把我的胳臂扔給了一隻正好路過的鱷魚。我只怕那隻鱷魚，牠很喜歡我的手臂，從那以後，牠就一直跟著我，想吃我身體的其餘部分。」

虎克在一個蘑菇上坐了下來，聲音有點顫抖地說：「那隻鱷魚本來早該把

我吞下肚了，幸好之前牠吞了一個鐘。鐘在牠肚子裡滴答滴答響，只要牠一挨近我，我聽到那滴答聲，就一溜煙逃跑了。」

「總有一天，鐘會停住，」斯密說：「那時，牠就會逮著你了。」虎克舐了舐嘴唇，「可不是嘛！」他說：「這就是我日夜提心吊膽的事啊！」

虎克坐下來以後，一直覺得身上出奇的熱。他猛地跳了起來，「斯密，這個座位是燙的！活見鬼，我都快被燒焦了！」

兩人本想摘下蘑菇，沒想到一碰它立刻掉了下來，原來這蘑菇沒有根；更怪的是，有一股煙立刻冒了出來。「煙囪！」他們異口同聲地驚呼。這是孩子們地底家園的煙囪。不只是煙，孩子們的聲音也傳了上來。海盜們陰險地聽了一會兒，然後把蘑菇放回原處。他們環視四周，發現了七棵樹裡的洞。

「他們說彼得·潘不在家。」斯密小聲說。虎克點了點頭，凝神思考了好一陣子，一絲僵硬的微笑浮現在他黝黑的臉上。

「回到船上去，烤一個又香又濃的大蛋糕，再撒上綠色的糖粉。」虎克從

牙縫裡慢慢地擠出這些話：「我們把那個蛋糕放在美人魚的礁湖岸邊，他們看到蛋糕，一定會狼吞虎嚥地把它吃下去。哈哈，他們死定了。」

斯密越聽越佩服，喊著：「這是我聽過最邪惡、最妙的計謀。」他們狂喜地邊跳邊唱，可是他們還沒把歌唱完，就被另外一個聲音給打斷了。

那聲音離得越近就越清晰：「滴答」，「滴答」，「滴答」……

虎克站著發抖，喘息著說「是那隻鱷魚！」後，立刻拔腿就逃。果然是那隻鱷魚，牠身上淌著水，在虎克身後緊追不捨。

孩子們回到地面上，發現尼布斯氣喘吁吁地跑了過來，後面追著一群兇惡的狼。尼布斯跌倒在地，大喊：「救救我，救救我！」

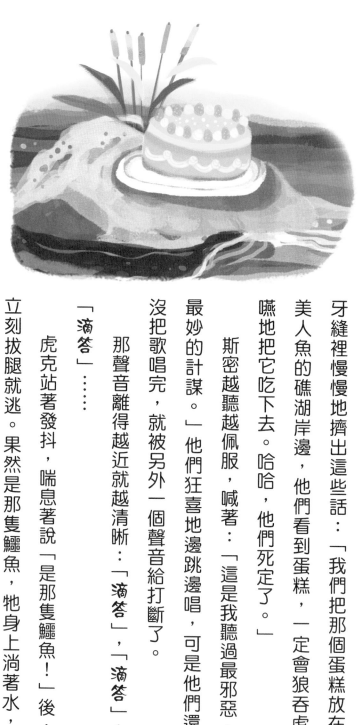

在這千鈞一髮的時刻，男孩們不約而同地喊道：「彼得會怎麼辦？」然後幾乎異口同聲地又說：「彼得會從胯下盯著牠們看。」這種可怕的姿勢是對付狼的很有效的辦法，所以他們一齊彎下腰，從雙腿之間往後看去，嚇得那群狼全夾著尾巴逃之夭夭了。

尼布斯從地上爬起來，驚恐不減地喊道：「有一隻大白鳥朝這邊飛過來了！」「那是一隻什麼鳥？」「我不知道，」尼布斯驚魂未定地說：「可是牠看起來很累，還一面飛一面呻吟的說『可憐的溫蒂』。」

「瞧，『牠』來了。」捲毛喊，指著天上的溫蒂。溫蒂差不多已經飛到他們的頭頂上空，孩子們聽見叮叮鈴尖厲的叫喊。這滿心嫉妒的仙子，正從四面八方攻擊溫蒂，每碰到她的身體，就狠狠擰上一把。

「喂，叮叮鈴！」感到驚奇的孩子們喊道。叮叮鈴回答道：「彼得要你們射死溫蒂。」「那我們就照彼得的吩咐做吧！」孩子們嚷嚷著。

圖圖手裡正拿著弓箭，叮叮鈴看到了，激動地搓著她的小手。「快呀，圖圖！」她大聲叫道：「彼得會很高興的。」

圖圖興奮地張弓搭箭，接著就把箭射了出去。

溫蒂緩緩落到地上，胸口插上了一支箭。糊塗的圖圖站在溫蒂身邊，一副勝利者的姿態說：「我已經把溫蒂射下來了，彼得一定會很高興的。」

叮叮鈴大喊了一聲「笨蛋！」之後，便竄到別處躲起來了。孩子們圍在溫蒂周圍，盯著她看。樹林裡寂靜得駭人。斯萊特利先開口：「這不是什麼鳥，」他驚恐地說：「她應該是一位女孩！」

「女孩？」圖圖不由得發起抖來。「而我們殺了她。」尼布斯沙啞著說。

「是彼得把她帶來給我們的。」捲毛悲痛地癱倒在地上說。「好不容易有個女孩來照料我們，你竟然把她殺了！」雙胞胎中的一個說。圖圖的臉變得慘白，「是我幹的！」他以從未有過的沉重語氣說：「以前我要是夢到女孩，總是衝著她喊『美麗的母親』。這回她真的來了，我卻把她射死了！」

就在這時，他們聽到彼得叫喊的聲音。「把她藏起來。」他們低聲說，然後慌忙把溫蒂圍在中間。「好啊，孩子們！」彼得降落到他們面前。他們機械地向他道了好，接著便是一陣沉默。「我回來了，」彼得皺起眉頭，惱火地說：「你們為什麼不歡呼？」他們張了張嘴，可是歡呼不起來。

「好消息，孩子們，」他喊道：「我終於給你們帶來了一位母親。你們沒看見她嗎？她朝這邊飛過來的。」

「彼得，」圖圖砰的一聲跪倒在地，沉靜地說：「我要讓你看看她。」別的孩子還想遮掩，圖圖卻說：「退後，讓彼得瞧瞧。」於是他們全都退到後面。彼得看了一會兒，不知該怎麼辦才好，「她死了。」彼得把箭從溫蒂心上拔下來。面對他的隊伍，厲聲地問：「誰的箭？」

「是我的箭，彼得。」圖圖再次跪下說。

彼得舉起箭，把它當做一把劍。圖圖毫不畏縮地袒開胸膛，「刺吧，彼得，」他堅定地說：「使勁刺。」彼得兩次舉起箭來，又兩次垂下了手。

「我刺不了，」彼得驚詫地說：「有什麼東西阻止了我的手。」

「是她，」尼布斯叫道：「是溫蒂小姐，瞧，她的手。」溫蒂真的舉起了手，還輕聲說了一句：「可憐的圖圖」。彼得在她身邊跪下，看到了那顆橡實鈕扣，「看！箭射到了這個，這是我給她的吻。」

這時，頭上傳來悲傷的哭泣聲。「是叮叮鈴在哭，」捲毛說：「因為溫蒂還活著。」於是，他們把叮叮鈴的罪行告訴彼得。彼得臉上顯露出從未有過的嚴峻神色。

「聽著，叮叮鈴，」他喊道：「我再也不跟你做朋友了，永遠離開我吧！」

叮叮鈴落在他的肩上，請他原諒她，可是他用手把她揮開。直到溫蒂又一次舉起手，他才讓步，「好吧！不是永遠，是整整一個禮拜。」

現在該拿溫蒂怎麼辦呢？她的身體很虛弱，他們都認為她躺在這裡不妥。

「啊！有辦法了。」彼得喊道：「我們就圍著她蓋一間小屋。」

男孩立刻像婚禮前夕的裁縫一樣忙碌起來，東奔西跑取來棉被、木柴等。

大家正忙成一團時，約翰和麥克來了。看見彼得，他們大大地鬆了一口氣。

「捲毛，」彼得用十足的隊長語氣說：「帶領這兩個孩子去幫忙蓋房子。」

「蓋房子？」約翰驚呼。「給溫蒂住。」捲毛說。

「為什麼？」約翰驚詫地說：「她不過是個女孩。」「就因為如此，」捲毛解釋說：「所以，我們都是她的僕人。」

「溫蒂的僕人？」「對，」彼得說：「你們也是。」於是驚訝不已的兄弟倆被拉去砍樹、運木頭了。

「斯萊特利，」彼得又命令道：「去請個醫生來。」「是，是。」斯萊特利立刻執行命令。不一會兒，他戴著約翰的帽子，神態嚴肅地回來了。

「先生，」彼得向他走過去，說：「請問，您是醫生嗎？」

對彼得來說，假裝的和真的完全是同一回事。這一點，常常使其他的孩子感到為難，比如說，他們有時不得不假裝已經吃過飯了。若是穿幫了，彼得就會敲他們的關節。

「是的，小伙子。」斯萊特利回答。

「勞您費心了，先生。」彼得說。斯萊特利說：「我要把這玻璃器具放在她嘴裡。」他假裝做著，彼得在一旁等候。

「這東西治好她了。」斯萊特利吩咐說：「今晚我還要再來，餵她喝點牛肉茶。」

然後他把帽子還給約翰，大大吐了一口氣，那是他躲開麻煩時的習慣。

現在，樹林裡滿是砍木材的聲音，蓋一間舒適小屋所需的一切，幾乎都已備齊，就堆放在溫蒂腳邊。

「她張嘴了，」一個孩子盯著她的嘴說：「啊，真可愛！」

「也許她想唱歌。」彼得說：「溫蒂，唱吧！唱出你喜歡的那種房子！」

溫蒂眼都沒有睜，立刻開口唱了：

我想有一間漂亮的小房子，
小巧到從沒見過，
它有可愛的小紅牆，
屋頂上鋪滿綠色的青苔。

他們聽了很高興，因為砍來的木材都流出紅色樹液，而遍地也布滿著青苔。

小屋蓋好時，他們也唱了起來：

我們蓋了小牆和屋頂，
還蓋了一扇可愛的小門。
溫蒂媽媽，你還想要什麼？

溫蒂回答，提出了新的要求：

我要四面裝上華麗的窗，

玫瑰花兒攀進來看。

他們立刻裝上大片黃色葉子當做百葉窗，然後假裝沿著牆種上玫瑰。房子蓋得很漂亮，彼得在房子周圍踱來踱去地檢查，吩咐大家完成最後布置。

「門上還沒有門環呢！」彼得說。圖圖拿來他的鞋底，就做成了一個絕妙的門環。「還要有一個煙囪！」彼得說，他一把抓起約翰頭上的帽子，敲掉帽頂，再將它倒扣在屋頂上。小屋得到了一個神氣的煙囪，一陣煙立刻從帽裡冉冉升起。

彼得禮貌地敲了敲門。門開了，一位小姐走了出來，正是溫蒂。大家都脫下帽子。她露出恰如其分的驚異神情，正如他們所希望看到的。

「我是在哪兒？」她說。

「溫蒂小姐，」斯萊特利急忙說：「我們為你蓋了這個房子。」

「多可愛的房子呀！」溫蒂說。這正是他們希望她說的話。

他們全都跪下，伸出雙臂喊道：「溫蒂小姐，當我們的母親吧！」

「我嗎？那很有趣，」溫蒂滿臉喜色地說：「可是我只是一個小女孩呀！」

「那沒關係。」彼得說：「我們只是需要一位像媽媽一樣親切的人。」

「好極了。」溫蒂說：「快進來吧，調皮的孩子們。在我送你們上床之前，還有時間把灰姑娘的故事講完。」

於是他們進入屋內，緊緊地擠在一起，度過了一個快樂的夜晚。那天晚上，溫蒂送他們回到地底家園的大床上睡覺，給他們蓋好被子；她自己則睡在那間小屋裡。在黑暗中，百葉窗透出亮光，煙囪裡冒出嫋嫋輕煙，彼得手持出鞘的刀，在外面巡邏，小屋顯得舒適又安全。

第四章　地底的家

第二天，彼得做的第一件事，就是為溫蒂、約翰和麥克量身材，好為他們各自找棵合適的空心樹，因為如果那棵樹與身材不合，爬上爬下就很困難。

練習了幾天後，他們就能像井裡的水桶一樣上下自如，而且漸漸愛上這個地底的家；特別是溫蒂。

這個家有個大廳，地上長著五顏六色的蘑菇，可以當凳子。中央長了一棵夢幻樹，每天早晨，孩子們都會把樹幹鋸齊地面；到喝下午茶時，它又長到兩英尺高，放一塊門板在上面，正好可以當桌子。喝完茶，他們又把樹幹鋸掉，這樣就有寬敞的地方來玩耍了。另外還有一個巨大的壁爐，幾乎占滿整個大廳，你想在哪兒生火都行。

白天，床鋪靠牆斜立著，到晚上才放下來。所有的孩子都睡在這張大床上，

ABCDE
FGHIJ
KLMNO

一個緊挨一個，像罐頭裡的沙丁魚一樣。翻身有嚴格的規定，必須由一個人發號令，大家一齊翻身。麥克本來也可以睡在床上，但是溫蒂想要有一個嬰兒，他最小，所以就睡在掛起來的搖籃裡。

牆上有一個鳥籠大小的壁龕，那是叮叮鈴的專屬套房，掛上一塊小小的布幔隔離。裡面的家具都是仙子世界裡最名貴的。不管哪個女人，都沒有享受過這樣一間臥室與起居室結合的精緻閨房。

這一切都讓溫蒂著迷，這些吵鬧的孩子讓她忙得團團轉。事實上，有好幾個星期，她幾乎很少到地面上來，光是做飯就夠她忙的了。不過，你永遠無法確定，到底他們是真的吃飯，還是假裝吃飯，那全憑彼得高興。對於彼得，假裝就等於是真的。他假裝吃了飯後，你就能看到他真的變胖。可是對於其他孩子，假裝吃飽實在是件苦差事，不過你就是得跟著做。

等他們全都上床睡覺以後，溫蒂就開始縫縫補補。每當她坐下來，守著一籃子的破襪子，看見每雙襪子的後跟都有一個洞。她就會不禁歎息，但臉上卻洋洋得意地發著光。還有那隻小狼，牠發現溫蒂來到了島上，很快就找到了她，而且從此到處跟著她。

時光一天天過去，溫蒂到底在夢幻島過了多久，誰也說不清。時間是按月亮和太陽計算的，可是島上的太陽和月亮，比本土大陸上多得多。

溫蒂確信自己的父母會隨時打開窗子，等著她飛回去，所以她很安心。但是，約翰對父母的記憶卻是模糊的，好像他們只是他曾經認識的

人。而麥克情願相信溫蒂就是他的母親。溫蒂對此感到有點害怕，於是她藉考試的方法，盡可能喚起他們對過去的記憶。

其他孩子覺得有趣極了，也想參加考試。溫蒂在一塊石板寫下問題，問題都很平常，比如：

母親的眼睛是什麼顏色？

誰比較高，爸爸還是媽媽？

母親的頭髮是金髮還是黑髮？（盡可能三題都作答）

或者要他們寫一篇四十個字以上的文章，題目是：「我如何度過上一次假期」，或「比較父親和母親的性格」，只要寫一篇。或是撰寫以下的題目：

1、描寫母親的笑；

2、描寫父親的笑；

3、描寫母親的晚禮服；

4、描寫狗屋和屋內的狗。

彼得沒有參加考試。一來除了溫蒂，他瞧不起所有的母親；二來他是島上唯一不會讀寫的孩子，他才不屑於做這類事呢。

彼得經常獨自出門。有時候，他回來什麼都不說，你弄不明白他到底有沒有做過什麼冒險的事。可是等你外出時，卻會看到一具屍體。有時他頭上裹著繃帶回來，溫蒂會撫慰他，並用溫水洗他的傷口。這時，他就會講一段精采的冒險故事。

有許多冒險的事情，溫蒂或者其他的孩子也參加了。比如，在斯萊特利峽谷和印第安人的一場戰役。這場戰爭非常能表現彼得的一個特點，那就是：在戰鬥中，突然改變陣營，換成敵方的身分。正當雙方勝負難定，呈膠著狀態時，彼得會突然宣布自己今天是印第安人。而真正的印第安人覺得這種做法很新鮮，也同意假扮成迷失的孩子。於是身分對換後，重新開戰，雙方打得更加猛烈。

冒險的故事還有很多，比如有一次，印第安人夜襲地下的家，結果好幾個印第安人卡在樹洞裡上下不得，像軟木塞似的被拔了出來。還有，彼得在美人魚的礁湖裡搭救虎蓮公主，因而和她結盟的故事。再比如說，陰險的海盜們一次又一次把毒蛋糕放在不同的地點，可是溫蒂總能即時從孩子們手中把蛋糕奪走。

再來談談彼得的鳥朋友，特別是在礁湖築巢的夢幻鳥，有一回牠的巢從礁湖邊的樹上掉到了水裡，牠依舊在裡面孵蛋，於是彼得下令不要去驚動牠。後來，這隻夢幻鳥知恩圖報，在一次機會中報答了彼得。

還有發生在礁湖的冒險故事，雖然比較短，但同樣非常驚險。有一次，溫蒂睡著後，叮叮鈴在一些仙子的幫助下，把她放在一片大樹葉上，想讓她漂回英國本土。幸好樹葉沉了下去，溫蒂驚醒過來，就自己游了回來。

此外，彼得還曾經向獅子挑戰。那次他用箭在地上畫了一個圈圍住自己，挑戰獅子跨進圈裡來，可是他等了幾個小時，孩子們都屏住呼吸在樹上看著，也沒有一隻獅子敢接受他的挑戰。

第五章　美人魚的礁湖

如果你運氣好，閉上雙眼，可能會看見黑暗中懸浮著一池水；然後你瞇緊雙眼，水池形狀就會出現，湖水顏色也變得鮮豔；再眯緊些，池子就會著起火來，在著火的前一刻，你就能看到礁湖，閃現短短的一瞬。

當溫蒂偷偷地走近礁湖邊時，總能看到成群的美人魚在水手岩曬太陽，梳理她們的長髮。溫蒂可以下水，輕輕地游到離她們一碼遠的地方，可是只要她們發現了她，便會紛紛縱身潛入水裡，故意濺得她一身水。

相反的，美人魚們對待彼得的態度卻不一樣。彼得可以和她們一起坐在岩石上談天，甚至還可以騎在她們的尾巴上。

欣賞美人魚最佳的時間是在月亮初升時，不過溫蒂沒見過月光下的礁湖，因為她嚴格規定晚上七點，大家都必須上床。不過，她常在雨過天晴時來到礁

湖畔。那時，會有大群的美人魚浮到水面上玩水泡，把五顏六色的水泡當作球，用尾巴歡快地拍來拍去，設法把球拍進彩虹裡。但是，一旦孩子們想加入她們的遊戲，美人魚們就會立刻鑽進水裡消失無蹤。

溫蒂總是要求孩子們在午飯後，在岩石上休息半小時，在陽光下躺著，讓太陽把身體曬得閃閃發亮。溫蒂坐在他們旁邊，顯得很神氣得意。

那天，他們也是這樣全數躺在岩石上，閉著眼睛，趁溫蒂不注意時，互相

偷捏一下、掐一下。溫蒂正忙著做針線活，水面掠過一陣微顫，太陽不見了，湖面上籠罩一片陰影。溫蒂抬頭一看，向來充滿歡笑的礁湖變得猙獰可怕。她知道，某種像夜一樣黑暗的東西來了。

這讓她想起水手岩的故事：兇狠的船長會把水手們丟到岩石上，漲潮的時候，海水隱沒岩石，水手們就會被淹死。

這時候，她應該立刻叫醒孩子們，可是她必須堅守半小時的午休規矩。所以，儘管她隱約聽到了划槳聲，緊張得心臟都要從嘴裡跳出來，她還是沒叫醒他們。

幸好還有彼得，他即使睡著了，也能用鼻子嗅到危險。他一縱身蹦了起來，發出一聲警告的呼喊，喚醒了大家。

「海盜！」他喊道。孩子們紛紛起身圍攏到他身邊。他的臉上浮現一絲詭異的微笑。只要他露出這種微笑，沒有人敢吭聲，他們只能靜候他的命令。彼得又快又準下達命令：「潛到水裡！」頓時只見一陣腳影，礁湖便人跡全無，只剩水手岩孤伶伶在洶湧的湖水中。

一艘船慢慢駛近了，那是海盜的小艇。船上有三個人：斯密、史塔奇和一個俘虜——那不是別人，正是酋長的女兒虎蓮。她的手腳都被捆綁，明知會被扔到水手岩等死，但毫無懼色。她是口裡啣著刀，攀上海盜船時被捉到的。但虎蓮非常高傲，不做無謂的抵抗。

離岩石不遠處，有兩個腦袋在水裡一起一落，那是彼得和溫蒂。溫蒂哭了，這是她第一次看到這麼慘無人道的事情。彼得不像溫蒂那樣為虎蓮感到傷心，倒是看到兩個人對付一個人，他感到氣憤，決定救她。

彼得模仿虎克的聲音喊道：「喂，你們這些笨蛋，放了她。」

「放了她？可是，船長……」斯密覺得有些奇怪。

「還是照船長的命令做吧！」史塔奇戰戰兢兢地說。於是斯密割斷了虎蓮的繩子。虎蓮立刻像泥鰍一樣從史塔奇胯下，溜進了水裡。

溫蒂怕彼得太得意忘形，伸手想要捂住他的嘴，這時一聲「小艇啊，喂！」

讓她停下動作，聲音從湖面上傳來。然後又傳來一聲。溫蒂明白了，真正的虎克也來到了湖上。

虎克朝小艇游來，他的部下舉起燈籠為他引路。不久他就游到了小艇邊，用鐵鉤鉤住船舷，濕淋淋地爬上了小艇。溫蒂看見他那張兇惡的黑臉，不禁打了個寒顫，恨不得馬上游開；可是彼得不肯走。他示意溫蒂注意聽他們的動靜。

虎克坐在船上，用鐵鉤托著頭，一臉憂愁。「船長，一切都好吧？」兩個海盜小心翼翼地問。可是，虎克嘆了三次氣。最後，虎克憤憤地開口了。「計畫失敗了，」他喊道：「那些男孩找到了一位母親。」溫蒂一聽，雖然害怕，卻也充滿了自豪。

「什麼是母親？」糊塗的斯密問道。溫蒂詫異得失聲叫了出來：「他居然不知道！」彼得趕緊一把將溫蒂拉到水面下。

虎克驚叫了一聲，問道：「那是什麼？」史塔奇舉起燈籠照向水面。他們看到了一個奇怪的東西，原來是個鳥巢浮在湖面上，而那隻夢幻鳥就坐在巢中。

「瞧！」虎克回答斯密的問題：「那就是母親。」斯密很受感動，他凝望著那隻鳥，看著那鳥巢漸漸漂走。多疑的史塔奇卻說：「如果她是母親，那她在這附近漂來漂去，可能是為了掩護彼得。」

「沒錯！這就是我所擔心的。」虎克皺著眉說，但接著斯密的話將他從沮喪中拉了出來。「船長，」斯密熱切地說：「我們為什麼不把孩子們的母親擄來做我們的母親？」「真是妙計！」虎克喊道：「我們把那些孩子捉到船上來，逼他們走跳板墜海淹死，這麼一來溫蒂就會變成我們的母親了。」

這時，虎克忽然想起了虎蓮。「那個印第安女人在哪兒？」他突然問。「我們把她放了，船長。」斯密得意地回答。「把她放了？」虎克大叫。

「那是你下的命令呀。」斯密結結巴巴地說。

「好小子，」虎克有點顫抖地說：「我沒下過這個命令。」

他們三人心慌意亂起來。虎克提高嗓門，聲音顫抖著問：「今夜在湖上遊蕩的幽魂啊，你有沒有聽到我的聲音？」

彼得馬上模仿虎克的聲音回答：「見你的鬼，我聽到了。」斯密和史塔奇一聽，嚇得抱在一起。「喂，陌生人，你是誰？」虎克質問。「我是詹姆斯・虎克。」那個聲音回答。「如果你是虎克，那你告訴我，我又是誰？」

「只不過是一條鱈魚。」那個聲音回答。「一條鱈魚！」虎克向來鼓脹的傲氣突然洩了氣。忽然，他想試一試猜謎遊戲。「那你還有別的名字嗎？」

遇到遊戲，彼得總是忍不住要玩的，因此他用自己的聲音快活地回答：「有啊。」「是蔬菜？」虎克問。「不是。」「是動物？」「是的。」「是男人？」「不是！」彼得響亮地回答，帶著輕蔑的口氣。「男孩？」「對了。」

「你們兩個給他提幾個問題。」虎克對另兩個人說。斯密想了想，「我想不出什麼問題。」他抱歉地說。

「猜不出啦！」彼得喊：「你們認輸了嗎？」

「是的。是的。」他們急切地回答，海盜們知道機會來了。

「那我告訴你們吧！」他喊道：「我是彼得・潘！」

虎克霎那間恢復了自信。「這下我們可以逮到他了！」虎克高聲喊道，便一躍跳下水去。

同一時間，彼得也傳來快活的聲音：「準備好了嗎？孩子們？」

「好了！好了！」湖的四面八方都傳來回應。

「那麼，向海盜進攻吧！」

激烈的戰鬥開始了。約翰英勇地爬上小艇，撲向史塔奇。經過一番猛烈的搏鬥，海盜手中的刀被打落。史塔奇掙扎著跳入水中，約翰也跟著跳了下去。那艘小艇也漂走了。

水面上不時冒出一個腦袋，鋼鐵的寒光閃過之處，跟著便是吼叫或吶喊。在混戰中，斯密捅傷了圖圖的肋骨，他自己又被捲毛刺傷了。遠離岩石的地方，史塔奇正步步進逼斯萊特利和雙胞胎。

虎克想爬上岩石喘息，同時，彼得也正想從對面爬上來。他們都在摸索著，想抓住一塊能著力的地方，不料竟碰到了對方的手。兩人驚訝得抬起頭來，他們的臉幾乎挨到對方。彼得看到自己在岩石上的位置比敵人高，覺得這是不公平的戰鬥。於是，他伸手去拉虎克一把。就在這時，虎克咬了他一口。

彼得愣住了。他和對方真誠相見，滿心以為自己也會受到公平對待。彼得常遇到這種事，只是他老忘記。他現在就像第一次遇到了不公平待遇，只能不知所措的發著呆。虎克又用鐵鉤抓了他兩次。

幾分鐘後，其他孩子看見虎克在水裡發狂似的向小艇拚命游去，他的臉不再得意洋洋，反倒一片慘白，因為那隻鱷魚正在他後面緊追不捨。

彼得和溫蒂不見了，孩子們喊著他們的名字，在湖裡到處尋找他們，可是沒有獲得回應。孩子們推斷：「他們準是游回去了，要不就是飛回去了。」他們很相信彼得。他們還咯咯地竊笑起來，因為，今天晚上可以晚點睡覺了。

孩子們發現小艇後划著回家了，當他們的聲音消逝後，湖面只剩一片冷寂。沒多久後，彼得拖著溫蒂朝著岩石游來，溫蒂已經昏過去了，彼得使出了最後一點力氣，把她推上岩石，接著就在她身邊也倒下了。水正在往上漲，但他實在無能為力。

「我們在水手岩上，溫蒂，」彼得說：「可是很快就會被水淹沒了。」

「我們得離開。」剛剛轉醒的溫蒂仍然樂觀的說：「彼得，我們是要游泳還是飛回去？」彼得呻吟了一聲。

「你怎麼啦？」溫蒂著急地問。

「我沒法幫你，溫蒂。虎克把我打傷了，我既不能飛，也不能游泳。」

「你是說，我們兩個都要淹死嗎？」他們用手捂住眼睛，不敢去看飛漲的湖水。他們心想自己的命很快就要完蛋了。

他們就這樣坐著的時候，有個東西在彼得身上輕輕觸了一下，隨後就停在那兒不動了。那是一面風箏，是麥克幾天前做的。它掙脫麥克的手，飄走了。

彼得抓住風箏的尾巴，把它拉到身旁。

「它能把麥克拉到半空，」他喊道：「也許能把你帶走？」

「它可以把我們兩個都帶走！」

「它帶不動兩個，麥克和捲毛試過。」

「那我們抽籤吧！」溫蒂勇敢地說。

「不行，你是女生。」彼得已經把風箏尾巴繫在她身上。溫蒂抱住他不放。可是，彼得說了一聲：「再見，溫蒂」，就把她從岩石上推了出去。不一會兒，溫蒂就飄走，直到看不見了。

岩石現在變得更小了，很快就會完全淹沒。彼得渾身一陣顫

慄，但轉眼間，他又直挺挺地站立在岩石上，臉上帶著微笑，心頭的小鼓咚咚地敲，像是在說：「死亡，是最大的一次冒險。」

礁湖上只剩下彼得一人了，湖水不斷上漲，一小口一小口地吞噬他的雙腳。在湖水把他整個吞沒之前，為了打發時間，他凝視著漂浮在湖面上唯一的一件東西，它看起來像一張紙片，彼得無聊地猜想著漂到岸邊需要多少時間。

其實，那不是一張紙片，而是夢幻鳥。牠正坐在巢中拚命用翅膀划水，努力往彼得這邊划過來。牠是來救彼得的。牠要把巢讓給他，儘管裡面還有牠在孵的蛋。等到彼得認出牠時，牠已經疲憊不堪了。

大鳥高聲向彼得說著自己來這兒的目的，彼得也高聲問大鳥在在那兒做什麼，但是他們都聽不懂對方的話。

「我——要——你——進——來——巢——裡，」夢幻鳥喊著，儘量一字字慢慢地說清楚：「這——樣——你——就——可——以——漂——到——岸——邊，可——是——我——太——累——了，划——不——動——了，你——得——自——己——游——過——來。」

「你在說什麼呀？」彼得回答說：「為什麼不讓你的巢像平常一樣隨波逐流呢？」

「我——要——你——……」

夢幻鳥又重複了一遍剛才的話。

接著，彼得又慢又清楚地說：「你——嘰——哩——呱——啦——的——說——什——麼——呀？」

夢幻鳥被惹火了。「你這囉哩囉嗦的蠢蛋！」她尖聲叫道，「為什麼不照我的話去做？」

彼得發現牠是在罵自己，於是氣衝衝地回敬：「你才是笨蛋！」然後他們竟互相對罵出同一句話來：「閉嘴！」「閉嘴！」

夢幻鳥做了最後的一次努力，終於使巢靠上岩石邊。然後牠飛離了鳥巢。彼得終於明白了牠的用意，他抓住鳥巢，向飛在空中的鳥揮手表示謝意。夢幻鳥在空中盤旋，想看看他怎樣對待牠的蛋。

彼得把巢中的兩顆鳥蛋捧了起來。夢幻鳥用翅膀捂住臉，不敢看它們的下場；不過，牠還是忍不住從羽毛縫裡偷看。

在水手岩上有一根木竿，那是很久以前海盜釘在那兒，用來標誌寶藏位置的。史塔奇把他的帽子掛在上面，那是一頂防水的油布高帽。現在彼得把鳥蛋移到帽子裡，然後把帽子放在湖面上，就這樣平穩地漂浮著！

夢幻鳥高聲歡叫著降落到帽子上，又安心地孵起蛋來。彼得也應聲歡呼，接著跨進鳥巢，把木竿豎立在巢中當桅杆，又把他的襯衫掛起來當風帆。然後大鳥往這邊漂去，彼得向那邊漂去，雙方都滿心歡喜。

彼得上岸以後，把鳥巢放在夢幻鳥容易找到的地方。可是，那頂帽子太好用了，牠竟然放棄了鳥巢，任鳥巢一直漂來漂去，直到完全散掉。從那以後，每當史塔奇來到礁湖，看到夢幻鳥趴在他的帽子上，總會心疼不已。後來，所有的夢幻鳥都把鳥巢築成帽子的樣式，幼鳥還可以在寬邊上活動。

當彼得回到地下的家時，隨著風箏東飄西蕩的溫蒂也差不多時間回來了。每個孩子都有一段冒險故事可講，可是讓他們最得意的是，睡覺時間已經往後延了好幾個小時。而且為了更加拖延上床的時間，他們一個個拚命找各種藉口，比如要求包紮傷口什麼的。溫蒂雖然很高興看到他們一個個平安無事，可是時間實在太晚了，於是她命令的喊道：「全都給我上床去！」

但第二天她又變得溫柔了。

第六章　快樂家庭

礁湖上的那次小衝突帶來的結果，是印第安人和孩子們成為了朋友。彼得救了虎蓮，現在，她和族裡的勇士們徹夜在地面守衛著地下的家。

印地安人稱彼得為「偉大的白人父親」，而且只要他說：「這是彼得說的」，他們就會恭敬地從命。但是，他們只把孩子們看作普通的勇士。讓孩子們生氣的是，彼得似乎認為這是理所當然的。

私底下溫蒂頗為同情孩子們，但她是一個忠實賢慧的主婦，所以她不允許他們抱怨父親。「父親永遠是對的。」她總是這麼說。

今夜，就是他們所稱的「夜中之夜」，因為這一夜發生的事情及造成的後果特別重要。白天，一切平安無事，彷彿在養精蓄銳。孩子們在地下吃晚飯，印第安人在地面上裹著毯子站崗，彼得跑出去探查時間了。在夢幻島，探查時

間的方法是先找到那條鱷魚，然後在牠旁邊等牠肚子裡的鐘整點報時。

這頓晚飯是一頓假想的餐點。他們圍坐在桌邊，貪心地狼吞虎嚥。他們發出的吵鬧聲震耳欲聾，溫蒂並不怎麼在乎，不過，她絕不允許他們搶東西吃。他們吃飯時有一條規矩：發生爭端時不能自己回擊，而應該禮貌地舉起右手，向溫蒂報告說：「我要告某某人的狀！」。可是，他們不是忘了要這麼做，就是常常告狀個沒完。

「安靜！」溫蒂喊道，這已經是她第二十次這麼說了。「親愛的斯萊特利，你的杯子空了嗎？」

「還沒呢！媽媽。」斯萊特利望了一眼想像出來的杯子說。

「他的牛奶都還沒喝呢！」尼布斯插嘴說，他這是在告狀。斯萊特利立即舉手喊道：「我要告尼布斯的狀。」不過，約翰已經先舉手了。

「什麼事，約翰？」

「彼得不在，我可不可以坐他的椅子？」溫蒂認為，坐父親的椅子簡直是不成體統，所以她回答：「當然不可以。」

「他並不是我們真的父親，」約翰回答：「他甚至不知道怎樣做父親，還是我教他的呢！」他這是發牢騷。

「我們要告約翰的狀。」雙胞胎喊道。

接著，大家開始互相告狀抗議，嚷嚷了起來。

「天哪！」溫蒂喊道：「我有時候覺得帶孩子真是麻煩啊！」

溫蒂吩咐他們收拾飯桌，自己坐下來做針線活。這時麥克抗議道：「我長太大了，不能睡搖籃了。」「一定要有人睡搖籃，你最小。」溫蒂近乎尖酸刻薄地說：「有搖籃才像一個家！」孩子們聚在溫蒂身邊玩耍，一張張笑盈盈的臉，還有活潑亂動的小胳臂、小腿，都被那溫暖的爐火照得又紅又亮。這是地下的家裡經常見到的溫馨景象；不過，這是我們最後一次見到了。

上面傳來腳步聲，第一個聽到的當然是溫蒂。她說：「孩子們，我聽見你們父親的腳步聲了。去門口迎接他吧！他喜歡你們這樣做。」

地面上，印第安人向彼得鞠躬致意。彼得吩咐道：「好好看守，勇士們，這是我說的。」然後，孩子們就歡天喜地地把彼得拖下樹洞來。他為孩子們帶來了核果，給溫蒂帶來了準確的時間。

「彼得，你把他們慣壞了。」溫蒂笑呵呵地說。

「是啊！老婆大人。」彼得邊說，邊掛起他的槍。

麥克悄悄地對捲毛說：「是我告訴他的，母親要稱作老婆大人。」

捲毛馬上提出：「我要告麥克的狀。」

孩子們想要跳舞，彼得要他們先去換上睡衣。他在爐火邊取暖，低頭看著溫蒂縫補襪子。他悄聲對溫蒂說：「老婆大人啊，在一天的勞累之後，咱倆坐在爐火前，孩子們圍繞在身邊，這可真是一個愉快的夜晚啊！」

「真是甜蜜，不是嗎？」溫蒂心滿意足地說：「彼得，我覺得捲毛的鼻子像你。」「麥克像妳。」彼得說。

彼得不安地望著溫蒂，眼睛不停地眨著。「彼得，怎麼回事？」溫蒂問。

「我在想，」彼得說，語氣有一點恐慌：「我是他們的父親，這是假裝的，對嗎？」

「是啊！」溫蒂嚴肅地回答。

「如果我真是他們的父親，看起來就會很老。」彼得帶著愧疚說。

「你要是不願意，就不是真的。」溫蒂回答，她聽到彼得放心地舒了口氣。

「彼得，」她強作鎮定地說：「你對我到底是怎樣的感情？」

「就像孝順的兒子，溫蒂。」

「我早就料到了。」溫蒂不悅地說。

「你真奇怪，」彼得迷惑地說：「虎蓮也是這樣。她說她想要做我的什麼，可又說不是做我的母親。」

「哼！當然不是。」溫蒂語氣重重地說。

「那她想做我的什麼？」

「這不是一位淑女該說的話。」

「那好吧！說不定叮叮鈴會告訴我。」彼得惱火地回應道。

「叮叮鈴當然會告訴你，」溫蒂輕蔑地反駁了他一句：「她是個放縱的小東西。」

這時在小閨房裡偷聽的仙子，尖聲嚷了一句。

「叮叮鈴她說她以放縱為榮。」彼得翻譯了她的話。

「你這個笨蛋！」叮叮鈴氣呼呼地喊道。這句話她說過很多

次，溫蒂都不需要翻譯了。

「我幾乎和她有同感。」溫蒂怒氣衝衝地說。沒想到溫蒂居然也會發脾氣，可見她是受夠了。不過要是她知道這個晚上會發生大事，她就不會這樣說了。但也正因為無知，他們才能再享受一小時的快樂。

這是他們在島上的最後一小時了。

孩子們穿著睡衣又唱又跳，跳得那麼歡快熱鬧，還在床上打起了枕頭戰。最後，他們終於都上床聽溫蒂開始講故事。這故事是孩子們最愛聽的，卻是彼得最討厭的。平時溫蒂一開始講這個故事，彼得就會離開屋子，或者用手捂住耳朵。這一次，如果他也這樣做了，他們或許還會留在島上。可是今晚，彼得沒走，他依舊坐在自己的小凳子上。

「從前有一位先生……」溫蒂坐下來開始講她的故事。

「我寧願他是位太太。」捲毛說。

「我希望他是隻小白鼠。」尼布斯說。

「安靜！」媽媽命令道：「還有一位女士……」

「別吵！」彼得大聲說。雖然他很討厭這個故事，但他認為應該讓溫蒂把它講完。

「這位先生姓達林，」溫蒂接著說：「女士呢，就叫達林太太。」

「我認識他們。」約翰說，他故意要讓別的孩子難過。

「我想我也認識他們。」麥克有點遲疑地說。

「他們結了婚，」溫蒂繼續說：「你們知道他們後來有了什麼？」

「小白鼠。」尼布斯靈機一動地說。

「太難猜了。」圖圖說，其實這故事他都會背了。

「他們有三個孩子。」溫蒂歎著氣說：「這三個孩子有位忠實的保姆，名叫娜娜。可是達林先生因為生她的氣，把她拴在院子裡，三個孩子就全部飛走了。他們飛到了夢幻島，那兒住著迷失的孩子們……」

「裡面是不是有一個叫圖圖的？」圖圖喊道。「是的。」「哈哈，我在這個故事裡噢！」

「噓！」溫蒂打斷他：「現在，你們想想，孩子們都飛走了，那對不幸的父母心情會怎樣呢？」

「唉！」他們全都唉聲歎氣起來，但其實壓根就不關心那對父母的心情。

「想想那些空著沒人睡的床！」

「真可憐啊！」雙胞胎中的老大說。

「我看這故事恐怕不會有好的結局。」雙胞胎中的老二說。

「如果你們知道母愛有多麼偉大，」溫蒂得意地告訴他們：「你們就不會害怕了。」

「我喜歡媽媽的愛。你喜歡嗎？」圖圖說著，把一個枕頭砸向尼布斯。

「我當然喜歡啊！」尼布斯說，把枕頭扔了回去。

「我們這故事的女主角知道，她的媽媽會把窗子一直敞開，好讓孩子們飛回來，」溫蒂愉快地說：「所以，他們就在外面玩個痛快，一待就是好多年。」

「他們有沒有回家去呢？」

「讓我們看看故事未來的發展吧！」溫蒂說。大家都扭了扭身子，以便看得更清楚。「許多年後，一位漂亮的小姐在倫敦車站下了火車，她是誰呢？」

「她是誰？」尼布斯興奮地喊著，就像他真的不知道似的。

「是不是……會不會……就是……美麗的溫蒂！」「哇！」「陪在她身邊的那兩個儀表堂堂的男士又是誰？會不會是約翰和麥克？」「沒錯！」

「『你們瞧，親愛的弟弟，』溫蒂說：『那扇窗子還開著呢！那是因為我們對母愛堅信不移，所以有這份獎賞。』然後他們飛上去，回到了媽媽和爸爸的身邊。重逢的喜悅簡直難以用言語形容。」

溫蒂講完後，彼得發出一聲沉重的呻吟，他陰沉著臉說：「溫蒂，你對母親們的看法不對。」他的激動讓大夥驚慌起來，大家不安地圍攏在他身邊。

「很久以前，」彼得說：「我也和你們一樣，相信媽媽會永遠開著窗子等我。所以，我在外面待了一個月又一個月。可是等我終於飛回去時，窗子已經關上了，有另一個小男孩睡在我的床上。」孩子們嚇壞了，問：「你能肯定媽媽們是這樣的嗎？」「是的。」

「溫蒂，我們回家吧！」約翰和麥克一齊喊道。「好吧！」溫蒂摟著他們果斷地說：「馬上就走。」因為她忽然想到一個可怕的念頭：說不定媽媽已經在哀悼他們了。這份恐懼使她忽略了彼得的心情。

「彼得，請你幫我們安排，好嗎？」溫蒂尖銳地說。

「遵命。」彼得冷冷地回答。他們連一句惜別的話也沒說。既然溫蒂不在乎分手，那麼彼得也要表現出一副，他不在乎的樣子。

其實，彼得當然是非常在乎的。他對那些大人有一肚子的不滿，就是他們把一切都搞砸了。

在彼得到地面上去向印第安人做必要的交代時，孩子們害怕溫蒂離開他們，竟威脅起她來。

「我們不讓她走。我們把她關起來吧！」

面對困境，溫蒂靈機一動：「圖圖，請你幫幫我。」這一刻笨拙的圖圖回答倒很具架勢，他極有威嚴地說：「雖然你們誰也不在乎我，但是如果有人對溫蒂不禮貌，我就要狠狠地教訓他。」說著，他拔出了刀，表現出高昂的氣勢。別的孩子不安地往後退。

這時彼得回來了，他們知道彼得是不會強留一個女生在夢幻島的。

「溫蒂，」彼得說：「我已經吩咐印第安人護送你們走出樹林了。」

「謝謝你，彼得。」

「然後，」彼得又吩咐道：「叮叮鈴會帶你們過海。尼布斯，叫醒她！」

其實叮叮鈴早已偷聽了好半天，聽說溫蒂要走，她非常高興，可是她不願做溫蒂的領路人，所以她假裝睡著了，不肯搭理他們。

「叮叮鈴！」彼得大喊一聲：「要是你不馬上起床，我就把門簾拉開，那我們就都會看見你穿睡衣的樣子哦！」叮叮鈴一下子就跳起來，喊道：「誰說我不起床？」

溫蒂、約翰和麥克已經收拾妥當，準備上路了。孩子們心情沮喪，憂愁地看著她。溫蒂不由得心軟了。「親愛的孩子們，」她說：「要是你們都和我一起回去，我相信，我爸媽會收養你們的。」

這邀請原本是特別對彼得說的，但每個孩子都以為是指自己，他們立刻快活地跳了起來。「他們會不會嫌我們人太多？」尼布斯跳著問道。

「啊！不會的，」溫蒂說：「只要在客廳裡加幾張床就行了。」

「彼得，我們可以去嗎？」孩子們一齊懇求。「好吧！」彼得苦笑著說。孩子們一聽，立刻跑去收拾自己的東西。

「現在，彼得，」溫蒂說：「在走之前，我要餵你們吃藥。」當然啦，那藥只不過是清水，水裝在瓶子裡。溫蒂一直熱衷於給孩子們吃藥。當溫蒂要給彼得吃藥的時候，忽然溫蒂看到彼得臉上的神情，讓她心情很沉重。

「去收拾你的東西，彼得。」溫蒂聲音發顫地喊道。

「我不跟你們去。」彼得回答，裝出若無其事的樣子。

為了表現出他對溫蒂的離去無所謂，彼得在房裡晃來晃去，愉快地吹著他的笛子。溫蒂只得跟在他後面，勸他：「去找你的母親吧！」

就算彼得有母親，他也不再想她了；沒有母親，他也能過得很好。他早就想通了。「不要！不要！」彼得斬釘截鐵地告訴溫蒂：「也許她會說，我已經長大了。但我只想永遠做個小男孩，永遠地玩下去。」

彼得不去！孩子們茫然地望著他。他們心裡冒出的第一個念頭是，要是彼得不去，他或許會改變心意，也不讓他們去。但是高傲的彼得不屑於這樣做。

「要是你們找到了母親，」他陰沉著臉說：「但願你們會喜歡她們。」他的話帶有濃濃的譏諷意味，使孩子們感到很不安。多數人不禁疑惑起來：去的人，會不會很傻？

「好啦！」彼得喊道：「再見吧！溫蒂。」他痛快地伸出手。溫蒂只好握了握他的手，因為彼得沒有表示他想要一個「頂針」。

接下來是一陣難堪的沉默。彼得不是會在別人面前痛哭流涕的人。他大聲喊道：「叮叮鈴，你準備好了嗎？」

「好了，好了！」

「那就帶路吧！」

叮叮鈴從最近的洞飛了出去，可是沒有人跟隨她。因為就在這時候，海盜們對印第安人展開了猛烈的攻擊，吶喊聲和刀劍鏗鏘聲劃破夜空。

第七章　孩子們被抓走

此刻，地面上震盪著廝殺聲；地下一片死寂。每個人都驚訝得張大嘴；溫蒂跪了下來，雙手伸向彼得，孩子們的手也都伸向彼得，向他發出無聲的請求，哀求他不要拋下他們。

彼得一把抓起了他的劍，眼睛裡閃耀著渴望戰鬥的光芒。

海盜這次的襲擊完全是出其不意的。按照野蠻民族不成文的規定，首先發動攻擊的都是印第安人。印第安人很狡猾，他們總是在白人戰鬥力最弱的黎明前突擊。

白人在那片起伏不平的山丘頂端築起簡陋的柵欄，山腳下有一條小溪，因為若離水源太遠終會走向毀滅。白人就在那兒等待著印第安人襲擊。缺乏經驗的菜鳥，緊握手槍，踩在枯枝上來回走動；老手們則鎮定地一覺睡到天亮。

在漫漫黑夜裡，印第安人的偵察兵在草叢裡匍匐潛行，沒有任何草被動亂。除了他們偶爾模仿土狼發出淒涼的嗥叫聲，四周沒有半點聲響。寒夜就這樣緩緩地流逝了，對於那些初次經歷的白人來說，這樣漫長的提心吊膽真是特別難熬；但是對經驗老道的白人來說，嚇人的嗥叫聲，以及駭人的寂靜，都是再正常不過的。

這種情況，虎克都一清二楚。印第安人相信虎克知道這個原則。可是沒想到，這個夜晚，虎克的行動卻

反其道而行。

印第安人擁有敏銳的感官，只要有一個海盜踩響一根樹枝，他們立刻就知道海盜來到島上；瞬間狼嗥聲就會響起。從海盜登陸的海岸直到地下之家的每一寸地面，他們都已暗地勘察過了。他們發現只有一座土丘的山腳下有溪流，可以供虎克駐紮，等候破曉。印第安人做好了一切部署，就裹起毯子，鎮靜地蹲伏在孩子的家上方，等候著決戰時刻的到來。

他們夢想著天亮時要好好嚴刑拷打虎克，但自信的印第安人反倒被奸詐的虎克逮著了。虎克並沒有在那座土丘前停留，他不想等印地安人來襲，他甚至等不及黑夜過去。他的策略是立刻攻擊。印第安偵察兵原本是精通多種戰術的，卻沒有防到他這一手，只能無奈地尾隨在他後面，同時發出一聲狼嗥，致命地暴露了自己。

勇敢的虎蓮身邊圍繞著十二位善戰的勇士。假如他們一發現海盜偷襲時，能迅速地聚攏，排列成密集的陣仗，應該是難以攻破的；但是他們謹守著部落的規定：高貴的印第安人在白人面前不可表現得驚慌失措。所以當海盜出其不意地現身時，他們雖然驚駭，卻巍然屹立了好一會兒，連肌肉都不抽動，就好像敵人是應邀前來似的。這樣英勇地遵守規定之後，他們才握起武器，發出震天的喊殺聲，可是為時已晚。

這哪裡是什麼戰鬥，根本是一場大屠殺，印第安部落的許多優秀戰士就這樣被消滅了。虎蓮以及少數殘餘部隊，從中殺出一條血路，逃了出去。

在那勝利的時刻，虎克心裡在想什麼呢？他的手下很想知道。他們氣喘吁吁地擦著刀，遠遠地偷偷斜睨著這位特立獨行的怪人。虎克的心裡一定洋洋自得，不過他不會顯露在臉上。他總是和他的部下保持一定的距離，永遠是像謎一樣神祕而孤獨。

不過，這一夜的任務還沒有完成。虎克出來並不是為了殺印第安人，他們只不過是被煙薰走的蜜蜂，以便他能得到蜂蜜。他的目標是彼得．潘，還有溫蒂以及那群孩子；但主要是彼得．潘。

讓人費解的是，彼得只是個小男孩，雖然他曾把虎克的一條手臂扔給了鱷魚，使得鱷魚窮追不捨，讓虎克的生命受到威脅，但這還不足以解釋，虎克的報復心為什麼如此重，如此無情惡毒。

事實是，彼得身上那種過於自信，才是真正讓這位海盜船長暴跳如雷的原因。只要彼得活著，他就覺得自己像是一頭關在籠子裡的獅子，而彼得則像飛進籠子裡的一隻麻雀。

現在的問題是，怎樣鑽進樹洞呢？虎克用貪婪的眼睛一一掃視著手下們，想找一個最瘦小的人。那些手下們不安地扭動著身子，因為他們知道，虎克會用棍子把他們硬塞下去。

此時的孩子們情況又是如何？在戰鬥剛開始時，他們張大著嘴，伸出手臂向彼得求助，簡直像化為石雕一樣。現在，他們閉上了嘴，收回了手臂，地面上的喧囂聲嘎然停止，像一陣狂風吹過。但他們知道在狂風過後，他們的命運已成定局。到底哪一方得勝了呢？

海盜們趴在樹洞口屏息偷聽，聽到了孩子們提出的問題，也聽到了彼得的回答。「要是印第安人得勝，」彼得說：「他們一定會響起戰鼓，那是他們勝利的訊號。」

斯密這會兒正坐在那只戰鼓上，他低聲嘲笑著說：「你們再也甭想聽到鼓聲了。」讓他驚訝萬分的是，虎克向他作了個手勢，要他擊鼓。

斯密過了好一會兒才領悟到，這個命令是多麼陰險毒辣。這個頭腦簡單的人，從來沒有像現在這樣敬佩過虎克啊。他敲了兩遍鼓，然後心花怒放地等待著反應。

「咚咚的鼓聲，」海盜們聽見彼得喊道：「印第安人勝利了！」孩子們發出一震歡呼，接著立刻向彼得道別。海盜們聽得莫名其妙，不過，卑劣的欣喜蓋過了他們的一切疑慮，他們奸笑著摩拳擦掌。虎克悄悄地下令：一人守一個樹洞，其餘的人排成一行，隔兩碼站一個人。

頭一個鑽出樹洞的是捲毛，他一出來，就落到了奇科的手裡，奇科把他扔給了斯密，斯密繼續扔給下一個海盜，一個一個往後扔，最後被扔到了那個黑人海盜的腳下。每個出樹洞的孩子，都是這樣被無情地拋來拋去，有幾個孩子還被拋到半空中，就像在傳遞一包包貨物似的。

溫蒂最後一個鑽出洞，她受到不同的待遇。虎克表現出彬彬有禮的樣子，對她脫帽致敬，並攙扶著她，護送她到囚禁孩子們的地方。

海盜為了防止孩子們逃跑，把繩子分成均等的九段，每個孩子一段，並命令他們彎身將膝蓋貼著耳朵之後，一個個捆綁起來。最後輪到斯萊特利時，剩下的繩子頭卻不夠打結了。海盜們惱怒地開始踢他，就像踢一個惱人的包裹。說也奇怪，是虎克叫他們住手的。

虎克噘起嘴唇，露出惡毒、洋洋得意的神氣表情。因為他在一旁觀察到，他的手下拚命想捆綁好這小子，但是綁緊這裡，另一個部位就會凸出來，弄得他們滿身大汗。

斯萊特利的臉色瞬間變得慘白，他知道虎克發現了他的祕密，可憐的斯萊特利，現在深深懊悔著自己做過的事。原來，有一次他熱極了，拚命喝水，把肚子脹得像現在這麼大，但是他沒有設法縮減腰圍好配合樹洞，反而是偷偷把樹洞挖大了。

虎克相信彼得終於要任由他擺布了。他在腦海中構思了惡毒的計畫，沒有聲張，只是作了個手勢，命令手下把俘虜押上船去，他要獨自留下。孩子們被扔進了溫蒂的小屋，四個強壯的海盜把小屋扛在肩上，其餘的海盜跟在後面。他們唱著那支可惡的海盜歌出發了。

喲喝！喲喝！海盜生涯，
骷髏白骨的旗幟，
歡樂時光，麻繩一捆，
嗨！去見深海閻王。

第八章　你相信有仙子嗎？

夜幕很快降臨，現在只剩下虎克自己了，他所做的第一件事，就是躡手躡腳地走到斯萊特利的樹洞前，想看看自己是不是能從那裡鑽進去。他屏住呼吸，傾聽著地下的動靜，下面寂靜得像是一座空屋。那男孩究竟是睡著了，還是正站在樹洞下，手裡拿著刀在等他？

除非爬下去，否則無法知道。虎克把他的外套輕輕地脫下放在地上，緊咬住嘴唇，直到滲出血，毅然決然踏進了樹洞。他是個勇敢的人，可是他額頭上的汗像蠟油一樣直淌。終於，他順利地來到樹洞底下，動也不動地站在那兒，調整一下幾乎喘不過氣來的呼吸。直到眼睛適應了昏暗的光線，他才看清楚地下之家屋裡的擺設。他貪婪的視線，只盯著一件東西，就是那張大床，床上躺著熟睡的彼得。

彼得一點也不知道上面發生的慘劇。孩子們離開後，他繼續開心地吹著笛子，證明他一點也不在乎。然後，他決定不吃藥，為的是讓溫蒂傷心。接著，他躺在床上，不蓋被子，好叫溫蒂更加煩惱；因為溫蒂會幫孩子們蓋被子，怕他們深夜著涼。想到這裡彼得幾乎要哭出來了，可是他忽然又想到，要是他笑，會讓溫蒂更加生氣。於是他放縱大笑，笑著笑著就睡著了。

彼得偶爾會做夢，他常會在夢裡哭泣，這或許和他來歷不明的身世有關。但這一次他立即睡著，完全沒有做夢。一隻胳臂垂在床沿，一條腿拱起來，笑意還掛在嘴角上，嘴張著露出珍珠般的小乳牙。

彼得就這樣毫無防備的被虎克找到了。虎克一聲不響地站在樹洞底部，望著他的敵人。難道他沒有一絲同情嗎？坦白說，眼前這幅純真的景象深深地感動他，要是善良的一面占上風，他也許會勉強地爬回地面去，可是彼得那驕傲自大的睡相惹惱了虎克，讓他又硬起了心腸，這股怒火讓他氣得快爆炸。

一盞微弱的燈光照著床，但虎克是站在暗處裡，瞥見彼得的藥杯，他明白自己該怎麼做了。

虎克總是隨身帶著一瓶可怕的毒藥，那是他用各種致命的毒草配製而成的液體，大概是世界上最毒的一種毒藥。虎克狂喜得雙手直顫抖，他在彼得的藥杯裡滴了五滴毒藥，幸災樂禍地凝望著他的受害者一陣子後，才轉身艱難地蠕動著身體爬上地面，像從洞裡竄出的惡魔般。

他歪戴著帽子，裹上斗篷，拉著衣角遮住身體，隱沒在黑暗中，喃喃自語著，穿過樹林溜走了。

彼得還在睡。

燈火閃了一下熄滅了，屋裡一片漆黑，彼得突然被一陣謹慎輕微的敲門聲驚醒。他坐起來，摸索刀子握在手裡，然後問道：「誰？」

沒有人回答，敲門聲又響起。「你不吭聲，我就不開門！」彼得喊道。

那人終於開口了，像鈴噹似的聲音：「彼得，讓我進去。」

聽出是叮叮鈴的聲音，彼得馬上打開門。叮叮鈴激動地飛了進來，臉頰脹紅，衣裳上沾滿泥巴。

「出什麼事了？」彼得急得大喊。於是，叮叮鈴娓娓道出了溫蒂和孩子們被抓走的經過。

「我要救她！」彼得立刻跳起來，去拿武器。這時，他想到自己應該先吃藥，這一定會讓溫蒂高興。他端起了那只致命的藥杯。

「別喝！藥裡有毒！」叮叮鈴尖聲叫道。虎克匆匆穿過樹林時，說著自己做過的事，被叮叮鈴聽到了。

「有毒？誰會下毒？」

「虎克。」

「別說傻話。虎克怎麼能到這裡來？」這一點叮叮鈴解釋不了，因為她也不知道斯萊特利樹洞的祕密。

彼得舉起了杯子要喝，叮叮鈴像閃電一般，眨眼間飛到了彼得的嘴唇和杯子之間，一口把藥喝光。她搖搖晃晃地在空中旋轉著。

「你怎麼啦？」彼得有點害怕了。

「藥裡有毒，彼得。」叮叮鈴輕聲對他說：「現在我要死了。」

彼得悲痛地跪在叮叮鈴身邊。她的亮光越來越暗了。彼得知道，要是這亮光完全熄滅，叮叮鈴就要消失了。她伸出纖細的手指，讓彼得的眼淚在她手指上滑過。她發出微弱的低語，彼得好不容易才聽清楚她是在說：**如果有孩子相信仙子的存在，她就會好起來的。**

彼得伸出他的雙臂，雖然眼前沒有孩子，而且現在是深夜。不過，他正在對所有夢見了夢幻

島的孩子們說話。那些穿著睡衣的男孩和女孩們，和他其實近在咫尺，並非你我想像中的那麼遙遠。

「你們相信有仙子嗎？」他大聲喊道。叮叮鈴在床上坐起來，聆聽關乎她命運的回應。她隱隱約約聽到了肯定的回答，但又無法確定。

「要是你們相信，」彼得急切地對著孩子們大喊：「就拍拍手吧！別讓叮叮鈴死掉啊！」許多孩子拍手了，有些孩子沒拍，少數幾個頑皮的小傢伙發出了噓聲。

拍手聲突然停止，好像有不計其數的母親們衝進了育兒室，查看是發生了什麼事。不過叮叮鈴已經得救了，她的聲音又恢復元氣了，隨後，她跳下床，滿屋子飛來飛去，比以前更加快活放肆。

「現在該去救溫蒂了！」

彼得鑽出樹洞，月亮正在雲朵間穿行，他手拿武器，準備執行危險任務。

他本想低空飛行，離地面近些，以便發現任何可疑的事情。但是，在月光下低飛，會把影子投映在樹上，驚動鳥兒，使警覺的敵人發現他。

沒有別的辦法，他只有學著印第安人的樣子，貼著地面匍匐爬行。可是該朝什麼方向爬呢？一場小雪掩蓋了所有的腳印，島上籠罩著一片沉寂。

鱷魚從彼得身邊爬過，此外再也沒有別的活物。彼得很清楚，死亡也許就等在前面某一棵樹下，或者隨時會從背後潛近突然撲向他。

彼得發下毒誓：「這次我要和虎克拚個你死我活。」

第九章　海盜船

一盞桅燈幽幽地照在海盜河口附近的吉德灣，那艘雙桅帆船「快樂羅傑號」就停泊在淺水處。它有一艘輕巧的小艇，但船身處處骯髒汙穢；每根龍骨宛如都透著肅殺之氣，著實令人畏懼。這艘海盜船是海上的食人族，惡名遠播，在海上橫行無阻。

夜幕籠罩著這艘船，岸邊聽不見船上的聲響，除了斯密正在使用縫紉機發出的「噠噠」聲外。這個平凡笨拙的令人可憐的斯密總是勤勞不懈，樂於助人。有幾個水手靠在船舷邊，在黑夜中喝著酒；其餘的水手趴在木桶旁擲骰子、玩紙牌；那四個抬小屋的海盜早已精疲力竭，躺在甲板上呼呼大睡了。

虎克在甲板上漫步沉思。彼得已經被除掉了，其他男孩全都被捉到了船上，等著走跳板。這是他勝利的時刻，但是從他的步伐裡，感受不到絲毫的興高采

烈，相反的，他的腳步沉重，和他的心情正好呼應。

每當夜深人靜，虎克在船上和自己對話總是如此，因為他很孤獨。他的手下圍繞在他身旁時，他越發感到孤獨，因為他與他們的社會地位太懸殊了。

虎克不是他的真實姓名。如果把他的真實身分揭露出來，一定會轟動全國。他曾經就讀於一所著名的公立中學，學校傳統至今仍然保留在他身上。他走起路來，還保持著學校裡那種不凡的氣度。無論他怎樣墮落，他還是記得風度是最重要的。

他聽到發自內心深處一陣軋軋聲，彷彿一扇生銹的門打開了。那聲音永遠在問他這個問題：「你今天風度合宜嗎？」。

「榮譽！榮譽！那光彩耀眼的玩意兒，那是屬於我的！」他喊道。

「任何方面都想功成名就，合乎風度嗎？」那聲音反問他。

這個問題就像他內心的一隻爪，比他的鐵鉤還要鋒利，撕裂著他的心。汗從他的油臉上淌了下來，他不時用袖子擦臉，可是仍止不住汗水泛溢。

虎克預感到了自己的死亡，好像彼得的詛咒已經登上了他的船。虎克悲觀地想說幾句臨終遺言，唯恐再過一會兒就來不及說了。

「虎克啊！要是他的野心小一點就好了。」他喊道。只有在心情最低潮的時候，他才用第三人稱稱呼自己。

「沒有一個小孩愛我。」說也奇怪，他居然生平第一次想到了這一點，也許是那架縫紉機使他想到的吧。虎克呆呆地望著斯密，正在靜靜地縫著衣邊的斯密，還以為所有的孩子都怕他。

怕他？怕斯密？那一夜，船上的孩子個個都愛上了他！雖然他對他們說了許多嚇人的話，卻讓他們更加纏著他不放。麥克甚至還試戴了他的眼鏡。

虎克一直想告訴斯密，孩子們覺得他很可愛。可是，這似乎太殘忍了，虎克決定把這個祕密藏在心裡。他們為什麼覺得斯密可愛？虎克對這個問題百思不解。斯密哪一點可愛？一個可怕的回答突然冒了出來：「風度！」斯密不自覺間展現了風度，這才是最好的風度？

虎克狂怒地大吼一聲，朝斯密的頭舉起了鐵鉤，可是一個念頭止住了他的手：「為了一個人展現風度而去傷他，這算什麼呢？」「沒風度！」哀傷的虎克一下子變得有氣無力，像一朵被折斷的花一樣垂下頭。

他的手下以為他暫時無力管他們了，紀律立刻鬆懈，還像喝醉酒般地跳起舞來。這彷彿一桶冷水澆到虎克頭上，使他頓時精神大振，所有軟弱一掃而光。

「安靜，你們這些渾蛋！」他嚷道：「否則，我就把錨拋在你們身上。」喧鬧聲立刻靜止。「孩子們都上好鎖鏈了嗎？把他們帶上來。」

除了溫蒂，那群命運悲慘的俘虜一個個從船艙裡被拖了出來，在虎克面前排成一列。虎克懶洋洋地坐在那兒，哼著幾句粗野的歌，手裡玩弄著一副紙牌，嘴裡叼著的雪茄不時閃動火光，映照在他臉上。

「好吧！小子們，」虎克乾脆地說：「今晚你們中間有六個人要走跳板。我可以留下兩個在船上替我幹活。留哪兩個呢？」

「除非萬不得已，不要惹他發火。」在船艙裡，溫蒂曾這樣告訴孩子們；

所以圖圖很有禮貌地走上前去，謹慎地說：「我想，我母親是不會願意我當海盜的。你母親會願意你當海盜嗎，斯萊特利？」他向斯萊特利擠了擠眼。

斯萊特利悲傷地說：「我想她一定不會願意的。」彷彿他但願不是如此。「你們的母親會願意你們當海盜嗎，雙胞胎？」

「少廢話！」虎克吼道，說話的孩子被拉了回去。「你這小子看起來似乎有點膽識，」虎克對約翰說：「你從來沒有想過當海盜嗎？」

虎克單挑他來問，使約翰感到有點突然，但在課堂發呆時，他是想過去當海盜。他猶豫地說：「我曾想過叫自己紅手傑克。」

「這名字不賴。要是你入夥，我們就這麼叫你。」

「要是我入夥，你們叫我什麼？」麥克問。

「黑鬍子喬。」麥克對這名字頗感滿意。

「怎麼樣，約翰？」虎克請約翰決定，約翰卻要他來決定。

「我們當了海盜還能當國王的好百姓嗎？」約翰問。「你們得宣誓：打倒

國王。」虎克從牙縫裡擠出這句回答。

「那我拒絕！」約翰捶著虎克面前的木桶喊道。

虎克大吼道：「這已經決定了你們的命運。把他們的母親帶上來，準備好跳板！」

看到鳩克斯和奇科抬來那塊要命的跳板，孩子們的臉都嚇白了。可是，當溫蒂被帶來時，他們竭力裝出了勇敢的樣子。

在男孩們看來，當海盜多少還有點吸引人的地方。可是，在溫蒂眼裡，看到的卻是這艘船多年沒有打掃過了，又髒又臭的。

「我的美人兒，」虎克說，嘴上像是抹了蜜糖，「你就要看著你的孩子們走跳板啦！」突然，他發現溫蒂正盯著他口沫橫飛噴髒的衣領。他急忙想去遮蓋，可是已經來不及了。

「他們是要去死嗎？」溫蒂問，她極輕蔑的表情把虎克快氣昏了。

「是的。」他幸災樂禍地咆哮著說：「全都閉嘴，聽聽母親和她的孩子們訣別吧！」

「親愛的孩子們，」溫蒂堅定地說，這時的她顯得神情肅穆，「我覺得你們的親身母親有句話要我轉告你們，那就是：『我希望，我的兒子死也要死得像個英國紳士。』」

這話就連海盜們聽了也肅然起敬。圖圖發狂似的大叫：「我要照我母親希望的去做。你呢，尼布斯？」「照我母親希望的去做。你呢，雙胞胎？」「照我母親希望的去做。約翰，你——」

「把她捆起來。」從震驚中恢復的虎克狂叫。

斯密把溫蒂捆到桅杆時，悄悄地對她說：「喂，小乖乖，要是你答應做我的母親，我就救你。」但是溫蒂鄙夷地回答：「我寧可一個孩子也沒有。」

斯密把溫蒂捆在桅杆上的時候，沒有一個孩子看著她，因為他們全都緊盯著那塊跳板，那是他們將走完人生最後幾小步的地方。他們已經不敢指望自己能充滿男子氣概地走完那幾步，他們已經無法思考，只能呆望發抖。

虎克獰笑著走向溫蒂，想要扳過她的臉，讓她看著孩子們一個個走上跳板。可是虎克沒能走到她跟前聽她痛苦吶喊，就聽到了另一個聲音。**那是鱷魚可怕的滴答聲！**

所有的人都聽到那聲音了。剎那間，所有人的頭都朝虎克看去，接下來要發生的事只和他有關。虎克渾身

的關節好像散了一樣，整個人癱倒在地。就連那支鐵鉤也無力地垂下，彷彿自知它並非敵人想得到的目標。

要是換了別人，早就閉上眼睛等死了。可是，虎克那強大的頭腦還在運轉，他命令雙膝著地，跪在甲板上往前爬，盡可能逃離那滴答聲。他一直爬到了船舷那邊，嘶啞地喊：「把我圍起來。」

海盜們把他團團圍起來，不過他們的眼神都避開了那個就要爬上船的東西。虎克躲起來以後，好奇的孩子們一齊跑到了船邊，想去看那隻鱷魚怎麼爬上船來。但是，他們看到的是這一夜中最驚人的事：來救他們的不是鱷魚，而是彼得。

彼得做了個手勢，示意他們不要發出驚喜的叫喊，以免引起海盜的疑心。他則繼續模仿著滴答聲往上爬。

第十章　殊死搏鬥

那天晚上，彼得悄悄地穿越夢幻島時，看見鱷魚從他身邊爬過，起初他不覺得有什麼異樣。可是過了一會兒，他突然覺得奇怪，鱷魚怎麼沒有發出嘀答聲。但他很快就明白過來，是那個鐘的發條走完了。

彼得立刻盤算起如何利用這個新狀況。他決定模仿滴答聲，好讓野獸以為他就是鱷魚，不來傷害他。他的滴答聲模仿得惟妙惟肖，可是也引來了一個意想不到的結果：聽到滴答聲的鱷魚跟上了他。

彼得平安無事地到達了海岸，下了水。游泳的時候，他心裡只有一個念頭：「這回一定要和虎克拚個你死我活。」

他模仿滴答聲實在太久了，以至於渾然不覺自己一直在發出這個聲音。他還以為自己像隻老鼠悄無聲息地爬上了船。等他看見海盜們都躲在一角，虎克

失魂落魄地被圍在他們中間，就像看到那隻鱷魚一樣，著實大吃了一驚。鱷魚！起先他以為是真的鱷魚發出滴答聲，他很快地回頭掃視了一眼，才發現不是鱷魚，而是他自己。頃刻間，他明白了眼前的狀況，心想：「我真是聰明啊！」。於是，他向孩子們打手勢，示意他們不要拍手歡呼。

就在這時，舵手從船艙步出，沿著甲板走過來。彼得舉起刀，準確地朝他砍下，約翰用手摀住這個倒楣海盜的嘴，不讓他發出臨死的呻吟。四個孩子及時上前抓住他，防止他倒地發出聲響。彼得一揮手，屍體就被拋進了海裡。只聽見撲通一聲，之後又是一片寂靜。「一個啦！」斯萊特利開始計數。

彼得躡手躡腳一溜煙鑽進了船艙。海盜們鼓起勇氣四處張望，現在他們能聽到彼此驚慌的喘息聲，可見那個可怕的聲音已經離開了。虎克緩緩地把頭從衣領裡伸出來，仔細傾聽著是否還有滴答的餘音。一點聲音都沒有了，他才挺直身體站了起來。

「現在，該走跳板啦！」虎克喊道。他現在更加痛恨那些孩子們，因為他們看到了他的畏縮樣。為了讓俘虜們更害怕，虎克說：「走上跳板前，想不想嚐嚐九尾鞭的滋味？」

孩子們都怕得跪了下來。「不，不！」他們可憐兮兮地哀求。

虎克說：「鳩克斯，去船艙裡把九尾鞭拿來。」

船艙！彼得就在船艙裡！孩子們互相對視。

「好的。」鳩克斯樂呵呵地回答，大步走向船艙。孩子們用目光追隨他，虎克唱起歌來，手下們也應和齊唱。

突然，船艙裡傳來一聲可怕的尖叫，響徹全船，然後變弱、消失，接著又傳來孩子們熟悉的歡呼聲。在海盜們聽來，這比那聲尖叫還要讓人毛骨悚然。

「那是什麼？」虎克喊道。「兩個啦！」斯萊特利認真地數道。

義大利人奇科猶豫了一下，就大步地走向船艙。後來，他就踉蹌著走了出來，臉嚇得慘白。「鳩克斯死了，被砍死了。」奇科聲音空洞地說。

「死啦！」海盜們大驚失色，一齊喊道。

「船艙裡有個駭人的東西，就是它發出歡呼聲的。」驚魂未定的奇科幾乎連話都說不清了。

虎克把孩子們欣喜若狂和海盜們愁眉苦臉的神情都看在眼裡，強硬的說：「奇科，回到艙裡去，去把那個亂吼亂叫的東西給我捉來。」奇科戰戰兢兢地喊道：「不，不！」虎克咆哮著舉起了鐵鉤：「你是說你會去，對吧，奇科？」奇科只能絕望地揚了揚雙臂走了過去。

甲板上鴉雀無聲。很快，又傳來一聲臨死前的慘叫，接著一聲歡呼聲。沒有人說話，只有斯萊特利數道：「三個啦！」

「豈有此理，」虎克暴跳如雷地吼道：「誰去把那東西給我抓來？」

「等奇科回來再說吧！」史塔奇咕嚕著說。

「我好像聽到你說，你要自告奮勇下去。」虎克咆哮道。

「不，老天爺，我沒有說！」史塔奇大喊。

「我的鉤子認為你說了。」虎克逼進他。

史塔奇渾身發抖，環顧四周求助無援，他步步後退，虎克步步進逼。最後他絕望的大叫一聲，縱身躍入海裡。「四個啦！」斯萊特利叫著。

「現在，」虎克抓過來一盞燈，威嚇地舉起鐵鉤，「我要親自去把那東西抓過來。」他快步走進了船艙。「五個啦！」斯萊特利舔濕了嘴唇正準備說這句話，卻看到虎克拿著熄滅的燈，搖搖晃晃地走出來。

「有個東西吹滅了我的燈。」虎克的語氣有點不安。

「奇科怎麼樣了？」一個海盜問。「他死了。」虎克簡短地說。

虎克不願再到船艙裡了，而這立刻引起了躁動。海盜們都很迷信。

「人們都說，要是船上來了一個來歷不明的東西，這艘船肯定要遭殃的。」海盜們一個接一個地嚷起來：「這艘船要遭厄運了。」

聽到這句話，孩子們忍不住歡呼起來。虎克回頭看到他們，臉上忽然露出喜色。「夥計們，」虎克喊道：「我有一個計策。打開艙門，把男孩們推下去，讓他們跟那個怪物拚命去吧！無論哪一方死了，都不是壞事。」海盜們忠實地執行他的命令。孩子們假裝掙扎著，被推進了船艙。艙門關上了。

在船艙裡，彼得找到了能幫孩子們打開鐐銬的鑰匙。現在孩子們拿著找到的武器，悄悄地跑出來。彼得示意他們先躲起來，然後他割斷了綁著溫蒂的繩索。

現在，他們要一起飛走，是再容易不過的事了。但是有一件事攔阻了他們，就是彼得的那句誓言：「這回我要和虎克拚個你死我活！」於是，彼得讓溫蒂和別的孩子躲在一起，再披上她的斗篷，假扮成溫蒂，代替她站在桅杆前。然後，

他深深地吸進一口氣，發出歡呼聲。

海盜們聽了這聲歡呼，以為艙裡所有的孩子都被殺了，嚇得驚慌失措。虎克想讓他們振作起來，他心裡明白，要是自己鬆懈了，不緊緊盯住他們，他們會像狗一樣撲上來撕咬他的，他必須先穩住他們。

「夥計們，我想起來了，是那個女孩！海盜船上要是有女人，就要倒楣的。只要她不在，船上就太平了。」虎克說：「把那個女孩扔到海裡去。」

海盜們一窩蜂朝那個披著斗篷的人衝過去。「現在沒人能救你了，小姐。」馬林斯嘲弄地說。「有一個人。」那人說。「誰？」

「復仇好漢彼得·潘！」說著，彼得甩掉了斗篷。在那一瞬間，虎克那顆兇殘的心氣得快炸了。他嘶喊道：「劈開他的胸膛！」

「出來吧！孩子們，衝呀！」彼得大聲疾呼。轉眼間，船上各處響起了兵器撞擊的聲音。遭到襲擊的海盜們東奔西竄，亂殺亂砍，處於被動挨打的局面。他們有的跳下了海，有的藏在黑暗的角落裡，最後都被斯萊特利找到。他提著燈跑來跑去，用燈直照著他們的眼睛，使得他們什麼也看不清，最後輕易地成為孩子們刀下的犧牲品。

四周只有兵器相接的鏗鏘聲，偶爾傳出一聲慘叫或落水聲，還有斯萊特利那單調的數數——五個啦！六個啦！七個啦！八個啦……

當這群兇殘的孩子們圍住虎克時，海盜們全都被解決了。可是，虎克一個人就能對付所有的孩子，他一次又一次擊退了他們的進攻。彼得跳過來，和虎克面對面，「收起你們的刀，孩子們，這個人由我來對付。」

一轉眼，孩子們一起退開，圍著他們站成一圈。兩個仇人對視了許久。虎克微微發抖，彼得的臉上則浮現奇異的微笑。

「傲慢無禮的年輕人，」虎克說：「你的死期到了！」

「陰險毒辣的人，」彼得回答：「過來受死吧！」

兩人不再多說，展開廝殺，一時間雙方勝負難分。彼得劍法精湛，閃躲的速度令人眼花撩亂，可惜胳臂太短，很難刺中敵人。虎克的劍法毫不遜色，不過手腕動作不靈活，他靠著進攻的力量壓制對方，希望猛然一劍能刺死彼得。可是他驚訝地發現，自己屢刺不中，彼得一次又一次閃過他的猛攻。他更逼近過去，揮舞著鐵鉤，一心要致對方於死地。彼得一彎身，躲開鐵鉤，向前猛刺，刺進了他的肋骨。虎克感到一陣刺痛，手中的劍滑落在地。

「好啊！」孩子們齊聲喝采。可是，彼得很有風度地作了個姿勢，請對手拾起他的劍。虎克立刻照辦，但心裡感到一陣悲哀，覺得對方展現了風度。

「彼得．潘，你到底是誰，到底是什麼？」虎克粗聲喊道。

「我是青春，我是歡樂，」彼得隨口答道：「我是剛破殼而出的小鳥。」這當然是信口胡說的。但是，在不幸的虎克看來，這正是極致風度的展現。

「再來受死吧！」虎克絕望地大喊。他頻頻揮劍，但都被彼得靈巧地閃躲。

虎克現在對取勝已不抱希望，他唯一盼望的是在死前看到彼得失去風度。於是他放棄打鬥，跑到火藥庫裡點著了火。「不出兩分鐘，」他喊道：「整條船就會被炸得粉碎了。」

沒想到，彼得卻拿著炮彈從火藥庫裡跑出來，不慌不忙地把它扔到海裡。

虎克在最後關頭依舊保持著高貴的風範。他蹣跚地走過甲板，任由其他孩子圍著攻打他、嘲笑他，他生命的最後時刻已經來到了。當彼得舉著劍淩空飛來，他跳上了船舷，縱身躍入海中。他不知道鱷魚正在水裡等著他。

不妨一提的是，虎克臨終前取得了一點勝利：當他站在船舷，回頭眼看著彼得飛來時，他比了個姿勢要彼得用腳踹他。果然，彼得用腳踹了他，虎克總算如願以償。「你失去風度了。」他譏笑地喊道，毫無遺憾地落進了鱷魚口中。**詹姆斯．虎克就這樣被消滅了。**

「十七個啦！」斯萊特利大聲唱出數字，不過他計算得不太準確。那天晚上死了十五名海盜，另外兩個逃了上岸。史塔奇被印第安人逮住，並命令他給印第安孩子當保姆，對於一個海盜來說，這真是個悲慘的下場；斯密從此戴著眼鏡到處流浪，逢人便說，詹姆斯・虎克就怕他一個人。

溫蒂當然沒有參加戰鬥，不過，她一直睜著那雙明亮的眼睛注視彼得。現在戰鬥結束了，她又成為核心人物了。她一視同仁地讚揚男孩們，然後把他們都帶到船艙裡，指著掛在牆壁釘子上的鐘，那鐘指著「一點半」。

時間這麼晚了，孩子們還沒睡覺，這應該是最嚴重的一件事。當然啦，溫蒂很快便安頓好他們在海盜的艙鋪上睡下了。但是彼得留在甲板上，走來走去，最後才倒在大砲旁睡著了。那夜，他做了許多夢，在夢中哭了很久。溫蒂整夜把他緊緊地擁在自己溫暖的懷中。

第十一章　回家了

第二天早晨五點半鐘，大夥就東奔西跑地忙碌起來了，因為海上掀起了巨大風浪。孩子們全都穿著剪去了半截的海盜服，臉洗得乾乾淨淨，像水手那樣提著褲子急匆匆地步上甲板。

誰是船長，自然不必說了。彼得已經穩穩地掌著舵。他把全體船員召集到甲板上來，作了一段簡短的訓話，希望他們像英勇的海員一樣，恪盡職守。水手們發出一陣豪邁的歡呼聲。接著，彼得下達了幾道命令，他們立即掉轉船頭，航向英國本土而去。

彼得船長看過海象圖，若是這種天氣持續下去，估計他們將在六月二十一日抵達亞速爾群島。到了那兒再改為飛行，可以節省不少時間。

船上的事暫且擱下不提，我們現在先去十四號公寓，看看那個寂寞的家庭。

三個孩子毫無留戀地離家出走，已經很久了。育兒室裡那三張床上的棉被已經被晾曬過，窗戶也都敞開著。

自從孩子們飛走以後，達林太太成天待在家裡，從不出門。達林先生一直後悔莫及：為什麼要把娜娜拴起來呢？那真是天大的錯誤，她其實比他還有智慧啊！達林先生是個單純的人，凡是他認為正確的事，他都有極大的勇氣去做。深刻檢討了自己之後，他便四肢著地鑽進了狗屋。達林太太勸他出來，但他總是悲傷而堅定地回答：「不，親愛的，這才是我應該待的地方。」

達林先生發誓說，只要孩子們一天不回來，他就一天不出狗屋。過去那個驕傲的喬治．達林，如今變得無比謙遜。最令人感動的是他對娜娜的尊重，他不讓她再住狗屋了。

每天早晨，達林先生都會坐在狗屋裡，讓人把狗屋抬上車，載到辦公室，六點鐘再照這樣載回家。你只要記得他曾經多麼介意鄰居的眼光，就可以看出他的性格有多麼堅強。現在，他的一舉一動，引起了人們的驚詫。他內心一定忍受著極大的痛苦，但是即使年輕人對著狗屋指指點點時，他的神情依然頗為平靜。達林先生的行為或許荒謬，卻十分高尚。

在這個不尋常的日子，達林太太獨坐在育兒室裡。她的眼神哀傷，昔日歡樂的神采，因為失去孩子們，已經完全消失了。她的嘴角原本最吸引人目光，現在幾乎枯萎了。她的手不停地撫摸著胸口，就像那兒正隱隱作痛。

達林太太忽然跳了起來，呼喚著孩子們的名字。可是，屋裡只有娜娜。

「啊，娜娜，我夢見我的寶貝們回來了。」娜娜睡眼惺松，把爪子輕輕地放在女主人膝上。她們就這樣靜靜地坐著。

這時，狗屋運回來了。達林先生伸出頭親吻他的妻子時，看得出他的臉比以前憔悴，但表情溫和多了。達林先生睏了，他蜷縮著身子，在狗屋裡躺下。

「你到孩子們的遊戲室去，為我彈鋼琴助眠好嗎？」他請求道。達林太太向遊戲室走去，他又漫不經心地說：「請把窗子關上，好像有風。」

「啊！喬治，千萬別叫我關窗子。窗子要永遠為他們開著，永遠，永遠。」

達林太太走到遊戲室，彈起鋼琴來。達林先生很快就睡著了。

這時，從窗戶外飛進來了彼得和叮叮鈴。「快，叮叮鈴，」彼得低聲說：「關上窗子，上門。這樣等溫蒂回來時，會以為母親把她關在外面，已經忘了她，那她就只得跟我一塊兒回去了。」

彼得並不覺得這樣做有什麼不對，反而開心地跳起舞來。然後，他偷偷往遊戲室裡張望，看見在彈琴的人。他輕輕地對叮叮鈴說：「那是溫蒂的母親。她是一位漂亮的太太，不過沒有我母親漂亮。她唇邊有很多頂針，但是沒有我母親唇邊的頂針多。」其實，關於他的母親，他什麼也不知道。可是，他有時候喜歡誇耀地吹捧她。

鋼琴上彈奏的是《甜蜜的家庭》。彼得並不知道這是什麼曲子，可是他明白，那曲子在不斷地唱著「回來吧！溫蒂，溫蒂。」琴聲停了，彼得看見達林太太把頭靠在鋼琴上，眼裡含著兩顆淚珠。

「她要我把窗子打開，」彼得心想：「我才不要，絕不！」

彼得又往裡偷看，眼淚仍在那兒，「她真的很愛溫蒂呢！」彼得對自己說。他現在很氣達林太太，為什麼她就不明白：「我也喜歡溫蒂，太太，我們不能兩個人都要溫蒂呀！」

可是這位太太偏不肯放棄，彼得覺得很不高興。他不想再看著她，而是扮著滑稽面孔，在房間四處活蹦亂跳，可是他一旦停下來，就會很不安心，彷彿達林太太在他心裡不斷地敲打。

「唉，那好吧！」最後，彼得忍著氣打開窗子。「走吧！叮叮鈴，咱們可不要什麼傻母親！」他喊著，以一種狠狠的嘲諷口吻說完，就飛走了。

所以，當溫蒂、約翰和麥克飛回來的時候，發現窗子是開著的。他們降落在地板上，一點也不覺得慚愧。年紀最小的麥克，甚至忘記這個家了。

「約翰，這兒我好像來過。」他邊說邊疑惑地四面張望。「你當然來過，傻瓜。那不是你的舊床嗎？」約翰說。「沒錯。」麥克說，可是還不太有把握。

「瞧，狗屋！」約翰跑過去，往裡瞧，「也許娜娜就在裡面吧！」溫蒂說。

約翰吹了一聲口哨：「喂！裡面有個男人。」

「是爸爸！」溫蒂驚叫。

「讓我瞧瞧。」麥克仔細地看了一眼。「他的個頭還沒有我殺死的那個海盜大呢！」他毫不掩飾自己的失望。幸好達林先生睡著了，要是他聽見小麥克說的話，他該有多難過啊！

看見爸爸睡在狗屋裡，溫蒂和約翰不禁吃了一驚。「他不會一直都睡在狗屋裡吧？」約翰說，似乎對自己的記憶失去了信心。「或許我們並不是那麼記得過去的生活。」溫蒂猶豫地說。他們感到一陣顫慄，彷彿被澆了桶冷水。

「媽媽真是粗心，我們回來了，居然不在這兒。」約翰說。這時候，達林太太又彈起琴來了。「是媽媽！」溫蒂驚歎道，「噢，天啊！我們是該回來了。」她第一次真正感到了愧疚。

約翰提議：「我們偷偷地溜進去，用手蒙住她的眼睛。」可是溫蒂想到了一個更好的辦法：「我們都上床去，等媽媽進來的時候，我們都在床上躺著，就好像從來沒有離開過一樣。」

於是，當達林太太來到育兒室時，就看到每張床上都睡了一個孩子。孩子們等著她歡呼，可是她沒有歡呼。她看到了他們，但她不相信他們在那兒。她經常在夢裡看見他們躺在床上，還以為自己這回又在夢中。達林太太在火爐邊的椅子上坐了下來。三姊弟不明白媽媽是怎麼了，渾身感到一陣寒意。

「**媽媽！**」他們一個一個喊出口，可是達林太太還以為她是做夢。但是她情不自禁地伸出雙臂，想擁抱那三個她以為再也抱不著的孩子。她抱到了！因為溫蒂、約翰和麥克都溜下了床，直接撲進了她的懷裡。

「喬治，喬治！」達林太太喊道。達林先生醒來，和她一起分享了這份歡樂；

娜娜也衝了進來。這景象多麼動人啊！可惜沒人來欣賞，只除了一個小男孩，他默默地從窗外向裡張望。他擁有數不完的樂事，是別的孩子永遠得不到的。但是，他隔著窗看到的那份快樂，卻是他永遠也得不到的。

其他夢幻島來的孩子呢？他們都在下面等著，好讓溫蒂有時間向父母說明他們的事。等數到五百下的時候，他們才規規矩矩地從樓梯走上來。他們沒有飛上去，想給大人比較好的第一印象。

現在，他們在達林太太面前站成一排，沒有說話，眼睛卻在懇求她收留他們。他們原本也該望著達林先生，卻完全忘了他。達林太太立刻就說願意收留他們，可是達林先生很不高興。孩子們知道，他是嫌六個太多了。

「爸爸！」溫蒂激動地叫了一聲，但達林先生還是陰沉著臉。

「我們幾個可以擠在一起。」尼布斯說。

「喬治！」達林太太驚歎，看到丈夫表現得如此小器，她心裡很難過。達林先生突然哭了起來，他說，他也和太太一樣，願意收留孩子們，只不過他們也應該徵求他的同意，不該把他當成一個無關緊要的人。

「我並不覺得他無關緊要。」圖圖立刻大聲說：「你呢，捲毛？」孩子一個個互相追問，到頭來根本沒有一個孩子認為他是個無關緊要的人。達林先生心滿意足了，立刻表示如果擠得下，他就把客廳作為安置他們的地方。

「那麼，跟我來吧！」他愉快地喊道。說完，他就跳著舞滿屋子轉，孩子們也跳著舞跟在他後面。

至於彼得，他飛走以前來看了溫蒂一次。他並沒有特地飛到窗前，只在經過時輕輕碰到窗戶。溫蒂打開了窗戶呼喚他。

「喂，溫蒂，再見了。」他說。

「彼得，你不想跟我父母談談嗎？」溫蒂有點遲疑地說。

達林太太這時走到窗前，她現在一直密切注意著溫蒂，她告訴彼得，她收養了那些男孩，也很願意收養他。

「你要送我去上學？」彼得警覺地問。

「是的。」

「我不想上學，我也不要變成大人。」彼得氣憤地對達林太太說：「要是我醒來後摸到自己有鬍子，那多可怕！」

「彼得！」溫蒂安慰他說：「就算你有鬍子我還是愛你的。」

達林太太向他伸出雙臂，但是彼得拒絕了她。「別靠近我！誰也不能抓住我，使我變成一個大人。」

「可是你要住在哪兒呢？」

「和叮叮鈴一起住在我們給溫蒂蓋的小屋裡。仙子們會把它抬高到樹頂上，他們晚上就睡在那裡。」

「真好！」溫蒂羨慕地喊道。達林太太不由得緊緊抓住她。

「我以為所有的仙子已經不存在了！」達林太太說。

「會一直有年輕的仙子出現。」溫蒂解釋說：「因為每個嬰孩第一次笑出聲的時候，就會有一個新的仙子誕生。」

「我還有好玩的事！」彼得瞥著溫蒂說。

「可是晚上一個人坐在火爐邊怪寂寞的。」溫蒂說。

「那你跟我一起到小屋去吧！」

「媽媽，我可以去嗎？他真的需要一個母親啊！」

「不行，我決不讓你再離開。你也需要一個母親啊，寶貝。」

「那就算了。」彼得說。達林太太看到彼得的嘴在微微顫動，於是提出一個大方的建議：**每年讓溫蒂去他那兒住上一個禮拜，幫他做春季大掃除。**

溫蒂知道下一個春天要等很久，但彼得很滿意這個決定，他對時間的概念模糊不清，而且還有許多冒險的事情等著他做呢。

「彼得，在春季大掃除以前，你會忘記我嗎？」溫蒂最後向他問了一句這樣悲傷的話。彼得向她保證絕對不會，然後就飛走了。他還帶走了達林太太的吻，那個一直沒人得到的吻，太奇妙了，而且達林太太對此也很高興。

孩子們都被送進了學校。他們上學還不到一個禮拜，就已經懊悔離開夢幻島了。不過，他們也很快就適應了新生活。他們漸漸失去了飛的能力。起初，娜娜還得把他們的腳綁在床柱上，防止他們半夜裡飛走。

白天，他們常玩的一種遊戲是，假裝從校車上掉下來。可是漸漸發現，如果不抓住那根綁腳帶，從校車上掉下來時，就會摔傷。到後來，當帽子被風刮走時，他們甚至不能飛起來抓住它。他們以為，是練習不夠。其實，這是因為他們不再相信這一切了。

麥克比別的孩子相信的時間長些，所以，第一年彼得來接溫蒂時，他還陪著溫蒂一起等著彼得。溫蒂和彼得一起飛走時，還擔心彼得看出她已經長高，衣服變短了；可是彼得根本沒注意，他光顧著說自己的事，還說不完呢！

溫蒂和他聊到那些激動人心的往事，可是新的冒險趣事已將往事從他腦海中擠走。他很感興趣地問：「虎克船長是誰？」

「你不記得，你當初怎麼和他對戰，救了我們大家嗎？」溫蒂驚訝地問。

「我忘記了。」彼得漫不經心地回答。

彼得還問：「叮叮鈴是誰？」

溫蒂萬分驚訝，而且即使她做了解釋，彼得仍舊想不起來。他說：「他們這種小東西多的是，我想她應該已經不在了。」他大概說對了，因為，仙子是活不長的。

還有一點也讓溫蒂感到難過：過去一年，對於彼得來說，彷彿只是昨天；但對她而言，卻是漫長的等待。不過，彼得還像以前一樣迷人。他們在樹上小屋進行了一次愉快的春季大掃除。

第二年，彼得沒有來。第三年，彼得又來接她了。奇怪的是，他竟不知道自己漏掉了一年。這是小女孩溫蒂最後一次見到彼得。一年年過去了，粗心大意的彼得再也沒有來。等到他們再見面時，溫蒂已經是一位結了婚的婦人。男孩們也都長大了。溫蒂結婚穿白色婚紗時，想來奇怪，彼得竟沒有飛進教堂，阻止婚禮。

溫蒂有了一個女兒，名叫珍。等她長大到可以提問題的時候，她的問題多半是關於彼得的。溫蒂把能記得的事情全講給女兒聽。她講這些故事的地點，就是原來的那間育兒室。現在，這裡成了珍的育兒室。珍把床單蒙在母親和自己的頭上，當作一頂帳篷。在黑暗裡，兩人說著悄悄話：

「我們現在看見什麼啦？」珍說。

「我什麼也沒看見。」溫蒂說。

「你看得見，」珍說：「你是一個小女孩的時候，就看得見。」

「那是很久以前的事啦。唉，時間飛得多快呀！」

「時間也會飛嗎？就像你小時候那樣飛嗎？」

「我有時候真搞不清我是不是真的飛過。」

「你現在為什麼不能飛，媽媽？」

「因為我長大了。人一長大，就忘記怎麼飛了。」

「為什麼他們會忘記怎麼飛呢？」

「因為他們不再快樂、天真、無情了，只有這樣的人才會飛。」

於是她們開始談到去冒險的那一夜：「那個傻傢伙，他想用肥皂把影子黏上，黏不上就哭，哭聲把我驚醒了，我就用針線給他縫上。」

「你漏掉了一點。」珍插嘴說，她現在知道的比母親還清楚：「你看見他坐在地板上哭的時候，你說什麼？」

「我說：『小男孩，你為什麼哭？』」

「這就對了。」珍說，吐了一大口氣。

「後來，他領著我飛到了夢幻島，那裡有仙子、海盜、印第安人、人魚礁湖和地下的家。」

「對了！你最喜歡什麼？」

「我最喜歡地下的家。」

「我也是。彼得最後對你說了什麼？」

「他說：『你只要一直等著我，總有一夜你會聽到我的歡叫聲。』」

「彼得的歡叫聲是什麼樣的？」

「是這樣的。」溫蒂試著學彼得的歡叫聲。

「不對，是這樣的。」珍學得比母親強多了。

溫蒂有點吃驚：「寶貝，你怎麼知道的？」

「我睡著的時候常常聽到。」珍說。

「是啊，很多人是這樣，只有我在醒著的時候聽過。」

「你多幸運啊！」珍說。

有一晚悲劇發生了。那是春天夜晚，剛講完故事，珍躺在床上睡著了。溫蒂坐在地板上，就著壁爐火光縫補衣服。就在這時，她聽到一聲歡叫聲。窗子像過去一樣吹開了，彼得跳了進來，降落在地板上。彼得一點沒變，他還是長著滿口的乳牙。雖然彼得還是一個小男孩，可是溫蒂已經長成大人了。

「你好，溫蒂。」彼得並沒有注意到異樣，因為他只想到自己。他隨便瞄了珍一眼，問道：「喂，這是個新孩子嗎？」

「是的。」溫蒂說。彼得還是一點也不明白。

「彼得，」溫蒂結結巴巴地說：「你希望我跟你一起飛走嗎？」「當然啦，我正是為這個來的。」彼得有點嚴厲地說：「你忘了已經到春季大掃除的時候了嗎？」溫蒂知道，用不著告訴他，他漏掉好多次春季大掃除了。

「我不能去，」她抱歉地說，「我忘記怎麼飛了。」

「我可以馬上再教你。」

「唉！彼得，別在我身上浪費仙塵了。」溫蒂站了起來；彼得突然感到一陣恐懼。「怎麼回事？」他往後退縮著。

「我去開燈，」溫蒂說，「你自己一看就明白了。」彼得有生以來第一次害怕了。「別開燈！」他叫道。溫蒂帶著眼淚微笑著，用手撫弄著這可憐小男孩的頭髮。然後開了燈。

彼得看見了，痛苦地叫了一聲；這位高大、美麗的婦人正要彎下身把他抱起來，他陡然後退，喊了一聲：「怎麼回事？」

溫蒂不得不告訴他：「彼得，我已經長大成人，也結婚了。床上那個小女孩，就是我的寶寶。」

「不，她不是。」彼得坐在地板上抽泣起來。溫蒂不知道怎樣安慰他。哭聲驚醒了珍。珍在床上坐起來，馬上對彼得大感興趣。彼得站起來，向她鞠了一躬；她也在床上向彼得鞠了一躬。彼得說：「你好，我叫彼得．潘。」

「是，我知道，」珍說：「我正等著你呢。」

彼得得意洋洋地歡呼，珍穿著睡衣欣喜若狂地繞著育嬰室飛。

「她是我的母親了。」彼得對溫蒂解釋說。珍落下來，站在彼得旁邊，對溫蒂說：「他太需要一個母親了。」

「是呀！我知道，我比誰都清楚知道。」溫蒂有點淒涼地承認。

「再見了！」彼得對溫蒂說，然後他飛上空中，珍也隨他一起。

「不，不！」溫蒂衝到了窗前大喊。

「只是去春季大掃除罷了。」珍說。

「要是我能跟你們一道去就好了。」溫蒂歎了一口氣，終於還是讓他們一道飛走了。她站在窗前，望著他們遠去，直到他們小得像星星一般。

彼得又再見到溫蒂時，她的頭髮變白了，身體縮小了；珍則長成大人了，女兒名叫瑪格麗特。每到春季大掃除時節，除非彼得自己忘記了，他總會來帶瑪格麗特去夢幻島。她會向彼得講述他自己的故事，彼得總是聚精會神地聽著。

瑪格麗特長大後，又有了一個女兒，又會成為彼得的母親。事情就這樣周而復始，循環不已。只要孩子們是快活的、天真的、無憂無慮的。

愛麗絲夢遊奇境

瘋狂的帽匠和三月兔，暴躁的紅心王后！跟著愛麗絲一起踏上充滿奇人異事的奇妙旅程！

柳林風聲

一起進入柳林，看愛炫耀的蛤蟆、聰明的鼴鼠、熱情的河鼠、和富正義感的獾，猶如人類情誼的動物故事。

叢林奇譚

隨著狼群養大的男孩，與蟒蛇、黑豹、黑熊交朋友，和動物們一起在原始叢林中一起冒險。

彼得·潘

彼得·潘帶你一塊兒飛到「夢幻島」，一座存在夢境中住著小精靈、人魚、海盜的綺麗島嶼。

杜立德醫生歷險記

看能與動物說話的杜立德醫生，在聰慧的鸚鵡、穩重的猴子等動物的幫助下，如何度過重重難關。

一千零一夜

坐上飛翔的烏木馬，讓威力巨大的神燈，帶你翱遊天空、陸地、海洋神幻莫測的異族國度。

想像力，帶孩子飛天遁地

灑上小精靈的金粉飛向天空，從兔子洞掉進燦爛的地底世界……
奇幻世界遼闊無比，想像力延展沒有極限，只等著孩子來發掘！
奇幻國度詭譎多變，請幫迷路的故事主角找回他們的冒險舞臺！

★ 西遊記

蜘蛛精、牛魔王等神通廣大的妖怪，會讓唐僧師徒遭遇怎樣的麻煩，現在就出發前往這趟取經之路。

★ 小王子

小王子離開家鄉，到各個奇特的星球展開星際冒險，認識各式各樣的人，和他一起出發吧！

★ 小人國和大人國

格列佛漂流到奇幻國度，幫小人國攻打敵國，在大人國備受王后寵愛，還有哪些不尋常的遭遇？

快樂王子 ★

愛人無私的快樂王子，結識熱情的小燕子，取下他雕像上的寶石與金箔，將愛一點一滴澆灌整座城市。

以人為鏡，習得人生

正直、善良、堅強、不畏挫折、勇於冒險、聰明機智……
有哪些特質是你的孩子希望擁有的呢？
又有哪些典範是值得學習的呢？

【影響孩子一生的人物名著】
除了發人深省之外，還能讓孩子看見
不同的生活面貌，一邊閱讀一邊體會吧！

★ 安妮日記

在納粹占領荷蘭困境中，表現出樂觀及幽默感，對生命懷抱不滅希望的十三歲少女。

★ 清秀佳人

不怕出身低，自力自強得到被領養機會，捍衛自己幸福，熱愛生命的孤兒紅髮少女。

★ 海倫凱勒自傳

自幼又盲又聾又啞，不向命運低頭，創造語言奇蹟，並為身障者奉獻一生的世紀偉人。

★ 福爾摩斯探案故事

細膩觀察，邏輯剖析，揭開一個個撲朔迷離的凶案真相，充滿智慧的一代名偵探。

★ 湯姆歷險記

足智多謀，正義勇敢，富於同情心與領導力等諸多才能，又不失浪漫的頑童少年。

★ 海蒂

像精靈般活潑可愛，如天使般純潔善良，溫暖感動每顆頑固之心的阿爾卑斯山小女孩。

★ 環遊世界八十天

言出必行，不畏冒險，以冷靜從容的態度，解決各種突發意外的神祕英國紳士。

★ 魯賓遜漂流記

在荒島與世隔絕28年，憑著強韌的意志與不懈的努力，征服自然與人性的硬漢英雄。

★ 岳飛傳

忠厚坦誠，一身正氣，拋頭顱灑熱血，一家三代盡忠報國，流傳青史的千古民族英雄。

★ 三國演義

東漢末年群雄爭霸時代，曹操、劉備、孫權交手過招，智謀驚人的諸葛亮，義氣深重的關羽，才高量窄的周瑜……

跨時空，探索無限的未來

騎上鵝背或者跳下火山，長耳兔、青鳥或者小鹿
百年來流傳全世界，這些故事啟蒙了爸爸媽媽、阿公阿嬤。
從不同的角度窺見世界，透過閱讀環遊世界！

【影響孩子一生的世界名著】

最適合現代孩子的編排，耳熟能詳的經典故事
呈現嶄新面貌，啟迪閱讀的興味與趣味！

★小戰馬

動物小說之父西頓的作品，在險象環生的人類世界，動物們的頑強、聰明和忠誠，充滿了生命的智慧與尊嚴。

★騎鵝旅行記

首位諾貝爾文學獎女作家寫給孩子的童話，調皮少年騎著白鵝飛上天，在旅途中展現勇氣、學會體貼與善待動物。

★好兵帥克

最能表彰捷克民族精神的鉅著，直白、大喇喇的退伍士兵帥克，看他如何以戲謔的態度，面對社會中的不公與苦難。

★祕密花園

有錢卻不擁有「愛」。真情付出、愛己及人，撫癒自己和友伴的動人歷程。看狄肯如何用魔力讓草木和人都重獲新生！

★小鹿斑比

聰明、善良、充滿好奇的斑比，看他如何在獵人四伏的森林中學習生存法則與獨立，蛻變為沉穩強壯的鹿王。

★青鳥

1911年諾貝爾文學獎，小兄妹為了幫助生病女孩而踏上尋找青鳥之旅，以無私的心幫助他人，這就是幸福的真諦。

★頑童歷險記

哈克終於逃離大人的控制和一板一眼的課程，他以為從此逍遙自在，沒想到外面的世界，竟然有更多的難關！

★森林報

跟著報導文學環遊四季，成為森林知識家！如詩如畫的童趣筆調，保證滿足對自然、野生動物的好奇。

★地心遊記

地質教授李登布洛克與姪子阿克塞從古書中發現進入地底之秘！嚮導漢斯帶領展開驚心動魄的地心探索真相冒險旅行！

★史記故事

認識中國歷史必讀！一探歷史上具影響力及代表性的人物的所言所行，儘管哲人日已遠，典型仍在夙昔。

影響孩子一生名著系列 18

彼得．潘

坦然面對成長

ISBN 978-986-96861-1-2 / 書 號：CCK018

作　　者：詹姆斯．馬修．巴里 James Matthew Barrie
主　　編：陳玉娥
責　　編：陳沛君、蘇慧瑩
插　　畫：卡鹿哩
美術設計：蔡雅捷、鄭婉婷

出版發行：目川文化數位股份有限公司
總 經 理：陳世芳
行銷企劃：朱維瑛、許庭瑋、陳睿哲
法律顧問：元大法律事務所 黃俊雄律師
地　　址：桃園市中壢區文發路 365 號 13 樓
電　　話：(03) 287-1448
傳　　真：(03) 287-0486
電子信箱：service@kidsworld123.com
劃撥帳號：50066538

國家圖書館出版品預行編目 (CIP) 資料

彼得．潘 / 詹姆斯．馬修．巴里作．-- 初版．--
桃園市：目川文化，民 107.11
面；　公分．--（影響孩子一生的奇幻名著）
ISBN 978-986-96861-1-2（平裝）

874.59　　107014596

網路書店：www.kidsbook.kidsworld123.com
網路商店：www.kidsworld123.com
粉 絲 頁：FB「悅讀森林的故事花園」

印刷製版：長榮彩色印刷有限公司
總 經 銷：聯合發行股份有限公司
地址：新北市新店區寶橋路 235 巷
6 弄 6 號 4 樓
電話：(02) 2917-8022
出版日期：2018 年 10 月（初版）
定　　價：280 元

Text copyright ©2017 by Zhejiang Juvenile and Children's Publishing House Co., Ltd..

Traditional Chinese edition copyright ©2018 by Aquaview Co. Ltd .

All rights reserved. 版權所有，翻印必究。
如有缺頁、破損或裝訂錯誤，請寄回更換。

建議閱讀方式

型式	圖圖圖	圖圖文	圖文文		文文文
圖文比例	無字書	圖畫書	圖文等量	以文為主、少量圖畫為輔	純文字
學習重點	培養興趣	態度與習慣養成	建立閱讀能力	從閱讀中學習新知	從閱讀中學習新知
閱讀方式	親子共讀	親子共讀 引導閱讀	親子共讀 引導閱讀 學習自己讀	學習自己讀 獨立閱讀	獨立閱讀